U0902995

离别曲

一支歌 唤回了所有的往事

每一个音符
都诉说着你的深情

离别曲

张小娴 著

北京出版集团公司
北京十月文艺出版社

青马（天津）文化有限公司
出　品

目 录

CONTENTS

第一乐章 | 挽歌

他双手温柔地抚触琴键，
好像在弹一首即兴创作的诗，
每一个音节都以惊心的韵律
获得了醉人的色彩。

1

教堂祭坛前面的一口棺木里，躺着一个女人，她的名字叫夏绿萍，年仅五十一岁。曾经姣好的容颜已然苍白，合上的眼皮轻轻勾销了前尘往事。她瘦小的身躯被一床缎质的白色被子覆盖着，双手垂在身旁，怀中有满抱的白玫瑰，开得翻腾灿烂。

夏绿萍的朋友不多，唯一的亲人是弟弟一家。偌大的教堂里，疏疏落落地坐了几十个人。最前排，两个穿黑色丧服的女孩子并肩而坐，低声啜泣，两个人的背影看上去有些相似。靠近走道的是李瑶，李瑶旁边的是夏绿萍的侄女夏薇。

起立唱《奇异恩典》的时候，李瑶不时回头朝教堂那道圆拱门望去。

“他不会来的了。”夏薇说。

“他会不会收不到消息？”带着一脸的失望，她说。

“我通知了他舅舅，但他舅舅也只有他三年前的地址。他要来的话，已经来了。”

“你有见过他吗？”

夏薇摇了摇头，说：“都不知道他变成什么样子了。”

唱完了圣诗，人们重又坐下来，教堂里悄然无声。

李瑶步上祭坛，坐在那台黑亮亮的钢琴前面，她身上的黑色裙子散开来轻轻地落在一边。外面的曙色穿过教堂穹顶的彩绘玻璃，投影在她脸上，她看上去竟有着她老师夏绿萍年轻时的影子。她送给老师的最后一曲，是肖邦的《离别曲》。

她的手指在琴键上错落地弹奏，像风在树叶间吹拂，生命在树叶下面茁壮成长，然后衰败，是那样缠绵，那样激动，又那样破碎，那音乐，竟奏出了尘土的味道。

当最后一个音符在琴键上轻轻地熄灭，李瑶抬起头朝那道圆拱门再看一眼，它终究没有打开。

2

在送葬的车上，夏薇把一个小包包交给李瑶，说：

“是姑母留给你的，韩坡也有一个。”

李瑶打开那个小包包，里面是一个小小的糖果罐，已经有点锈蚀了。她望了望身边的夏薇，两个人相视微笑。

“已经很久没吃过这种果汁糖了。”夏薇说，然后笑笑问，“里面有糖吗？”

李瑶摇了摇那个糖果罐，罐里发出叮叮咚咚的声音。她打开盖子，把里面的东西倒在掌心里，是两枚十法郎的铜板。

李瑶眼里盈满了泪水，那两枚看上去平平无奇的铜板，把她送回去很久很久以前的时光。

3

李瑶那双稚嫩的小手在琴键上欢快地奔腾。

“不！不是这样！我说过多少遍了？是用十根手指弹琴，手腕不要动。”夏绿萍用一把尺劈劈啪啪地打了那双手腕几下。

她缩了缩手，嘟起嘴巴。

夏绿萍撇下她，走进书房里。

李瑶听到夏绿萍在房间里翻东西的声音。然后，她从房间里走出来，吩咐李瑶：“把手伸出来。”

李瑶以为又要挨打了，战战兢兢地伸出双手。

夏绿萍把两枚铜板轻轻地放在李瑶两边手腕上，说：

“现在把双手放在琴键上，我们来弹下一首歌，记着，不能让铜板掉下来。”

李瑶小心翼翼地把双手放到琴键上，学着只用手指去抚触。她摆动手腕的坏习惯是从那时开始慢慢矫正过来的。

那年她三岁。

每个星期有四天，她会到夏绿萍位于薄扶林道的公寓学琴。

夏绿萍总爱穿一身黑，冬天时是黑色高领毛衣，夏天时是V领的棉上衣或衬衣。无论什么季节，她的裤子都是七分长的，露出她那双小巧的脚踝。

钢琴旁边，放着一罐美味的果汁糖，李瑶弹得好的时候，夏绿萍会奖她吃一颗糖。李瑶最爱柠檬味，韩坡喜欢薄荷。

韩坡是后来才出现的。

那天，练完了琴，夏绿萍奖了李瑶一颗糖。她奖给自己的，是一支名唤“罗密欧与朱丽叶”的哈瓦那雪茄。她有时会吸雪茄，所以房子里常常弥漫着烟叶的味道。

她坐在阳台旁边的一张红色布沙发里，小心地撕走雪茄烟的标牌纸环，用一把小剪刀把烟口剪开，然后用一根长火柴点燃了那支雪茄。

她悠悠呼出一个烟圈，告诉李瑶，要弹最好的琴，吸最好的雪茄，穿最好的鞋子，吃最好的东西。为了支付这种生活，她便不能只挑最好的学生。她扫扫李瑶的头：“我不是说你啊！你将来会很出色的！”

然后，她补充说，“罗密欧与朱丽叶”不至于最好，但她喜欢它的名字和味道。

一通电话打进来，夏绿萍去接电话回来之后，很兴奋地告诉李瑶：“下次你来，我给你介绍一个小男孩。”

“他是谁？”

“他叫韩坡，年纪跟你差不多。”

“他是来学琴的吗？”

“嗯，他很有天分！”夏绿萍回到沙发里，吮吸着那支跟她清秀脸庞毫不相称的雪茄。她呼出一个烟圈，说:“他是个孤儿。”一种微笑的凄凉。

4

那天放学后，司机把李瑶送到夏绿萍薄扶林道的公寓，她连跑带跳地爬上楼梯。

门打开了，一个小男孩羞怯地立在那台施坦威钢琴旁边。他身上穿着校服，脚上那双皮鞋已经磨得有点破旧了。比李瑶高出一点点的他，搓揉着手指头，小小的眼眸里透着一点紧张。

“李瑶,这是韩坡。”叼着一支雪茄的夏绿萍把李瑶叫了过去。

李瑶朝他笑了笑。他两颊都红了，讷讷地，没有回应。

“让我看看你的手。”夏绿萍跟韩坡说。

韩坡伸出了双手，他的手指很修长。

夏绿萍捏了捏韩坡双手,眼里闪着亮光,说:“很漂亮的手！”

然后，她问:

“你以前学过弹琴吗？”

韩坡摇了摇头。

“那么，你会弹琴吗？”

韩坡点了点头。

“你随便弹一首歌吧！”她一只手支着琴，吩咐他。

韩坡坐到钢琴前面。他低头望着琴键，双手抓住琴椅的边缘，动也不动。

夏绿萍没说话，一直在等着。倒是李瑶有点不耐烦，在韩坡背后瞄了好多次。

夏绿萍手上的雪茄都烧了一大半，韩坡却依然僵在那里。她终于说：“如果你不想弹便算了。”带着失望的神情，她转过身去，挤熄了那支雪茄。

忽然，咚的一声，韩坡轻轻地、温存地抚触琴键。仅仅只是一瞬间，那台钢琴像是他小小身躯的延伸，跟他融为了一体，琴声里有一种动人的悲伤。后来，李瑶才知道，韩坡这天弹的，是中国著名作曲家黄友棣写于一九六八年的《遗忘》，这是他妈妈生前最爱弹的一支歌。

当他弹完了最后一个音符，李瑶走上去，在韩坡的背脊戳了一下。他愣了愣，回过头来望着她。她朝他微笑，他羞怯地笑了。

“李瑶，你干什么？”夏绿萍瞪大了眼睛。

她没法解释，她就是想用手指戳他一下，那是一种喜欢吧。更小的时候，她参加一个小亲戚的生日派对，佣人把蛋糕捧出来，那是个很漂亮的钢琴形状的蛋糕，每个小朋友都流着口水等吃，主角还没来得及把蜡烛吹熄，李瑶用手指戳了戳那个蛋糕，在上面戳出了一个洞洞。那个小亲戚呆了一下，眼耳口鼻一瞬间全都挤在一起，哇啦哇啦地大哭。她就是喜欢戳她喜欢的东西。

她是那样喜欢过韩坡。

5

窗外月光朦胧，一个男人柔情地用钢琴弹着一支缠绵的情歌。

那是巴黎小巷里的一家法国餐厅，以新鲜的炭烧乳猪脚驰名。这里是二十四小时营业的不夜天，晚饭时间有钢琴演奏。有了音乐，吃猪脚大餐这么粗犷的行为好像也马上变得温柔了。

那位年轻的钢琴师弹完了一曲，走到吧台前面的一张高椅坐下，点燃了一根烟。他看来是那么落魄，然而，比起他在祖国波兰的生活，这里已俨然是天堂。

一个女侍捧着客人用过的盘子打他身旁走过，钢琴师眯起了那双深褐色的大眼睛，对她扮了个鬼脸。她是他的女朋友，同样来自东欧。她朝他销魂一笑。

那个女侍把盘子拿到厨房，堆在洗碗槽里。正在洗碗的是两个年轻的中国人。

这个时候，一个年轻的中国女人从后巷探头进来，好像找人的样子。

“韩坡！”她喊。

韩坡愣了愣，抬起泡在洗洁精泡沫里的一双手，甩了甩，洒落了一些水珠，走到那个门口去。

“很久没见了！什么风把你吹来的？”他对女郎说。

“你有信。”女郎从皮包里掏出一封信交给韩坡，说，“从香港寄来的。”

韩坡把双手往牛仔裤上擦，接过了那封信。他并没有立刻拆开来看，而是上下打量女郎。

“看什么嘛？”

“你好像胖了！”

“你才胖！”女郎靠在门框上，斜眼望着韩坡。

停了一会儿，她说：“我在念时装设计。”

“是吗？我赚到钱，一定来光顾。”

“我做女装的！”女郎说。

“那我改穿女装！”他咯咯地笑。

女郎没好气地说：“我走啦！”

女郎走了之后，韩坡蹲在地上看信。信是舅舅寄来的，告诉他，夏绿萍死了。

韩坡站了起来，把那封信折起，塞在牛仔裤的后袋，回去继续洗碗。

“以前女朋友吧？”叶飞问。

叶飞从北京来。韩坡跟他认识六个月了，是很谈得来的朋友，或者也有一点同是天涯沦落人的情义吧。叶飞跟他不同，叶飞就是喜欢法国，做梦都想着来巴黎。韩坡喜欢四处跑。三年前，他从香港来巴黎，然后去了西班牙、意大利、奥地利、荷兰，最后又回来巴黎，钱花光了，就打工赚钱，储够了钱，又再离开，是流浪，也是在浪掷日子。他已经很久没回去香港了。

“我昨天也收到我哥哥的信，他在国内是有点名气的。他上个月刚刚横渡长江，是游泳过去呢！不简单啊！电视台都去采访他。他去年已经横渡了黄河，正准备迟些横渡长江。我看他什么时候再横渡英伦海峡来看我，就连买机票的钱都省回了。”叶飞说。

“你知道猪为什么只有两只脚趾吗？”韩坡把盘子里一只吃剩的猪脚捡起来，丢在一旁。

“管他的！”

“只有两只脚趾，就是一只连着一只，一双一对啊！”

“你胡扯什么？”

“那就是连理趾啊！在天愿作比翼鸟，在地愿为连理趾。”韩坡呵呵地笑了起来。

“有什么好笑？”

韩坡低着头，自顾自苍凉地笑下去。

6

下班之后，韩坡与叶飞朝巴黎的夜晚走去。

“去看艳舞吧！”韩坡突然拐个弯去，说。

“哪有钱？”叶飞跟在他身后说。

“我请客！”

“我来巴黎大半年了，还没有看过艳舞！”叶飞的手搭在韩坡肩上，一边走一边说。

两个人来到舞厅，在舞台前面找了个位子。

韩坡点了一瓶红酒，然后又叫侍者送雪茄来。

侍者把一个雪茄盒捧到韩坡面前，里面放着几种雪茄。韩坡挑了两支“罗密欧与朱丽叶”。

叶飞笨拙地吸着雪茄，摇摇头，说：“真不敢相信我们刚刚还在厨房里洗盘子！”

裸露上身的艳女郎随着音乐在台上跳着诱惑的舞步。韩坡深深吸了一口雪茄，缓缓吐出一个烟圈。这一支烟燃亮了往昔的时光，一种愁思从他心头升起，那些日子，竟已在年华虚度中消逝。

那天，韩坡的妈妈把他抱在膝盖，将他那双小手放在自己手背上，在钢琴前面弹着她喜欢的歌。当他还是个婴儿，妈妈就喜欢弹琴时把他拥在怀里，鼓励他伸出小手去摸索那些发亮的黑白琴键。她弹琴的时候也唱歌，歌声温柔而迷人。那一刻，母亲、孩子和钢琴亲密地融为一体。

直到琴音的残响完全消失之后，妈妈把他放下来，告诉他，她和爸爸要出去一会儿，很快便会回来。

外面大雨纷飞，他们开车出去，回程的时候车在一条山路上突然加速时撞坏了，翻到陡峭的山坡下，两个人的身体摔成了肉酱，再也回不了家。

当天晚上，舅舅来把他接走。

第二天，是韩坡四岁的生日。

很长一段日子，他没有再碰那台钢琴，他的世界变得寂静无声。

后来的一天，工人来把他家里的东西统统搬走。他爸爸妈妈欠了一笔债，那是用来抵债的。

舅舅拉着他的手，两个人站在公寓的楼底下。昏天暗地，雨沉沉地落下。两个工人把那台钢琴扛到楼底下，准备待会儿再抬到货车上。韩坡挣脱了舅舅的手，冲到那台钢琴前面，扯开了盖着钢琴的那块布。雨淅沥淅沥地滴下，他的手指在琴键上弹着妈妈以前喜欢的歌，已经分不清雨声和琴声了。

舅舅把他从那台钢琴旁拉了开来。工人重又用一块布把钢琴遮着，然后抬上了车。就在这个时候，一个穿黑衣黑裤的女人，撑着一把红伞从雨中跑来，问他舅舅徐义雄："这个孩子有学钢琴吗？"

"没有。"徐义雄冷冷地说。

夏绿萍从口袋里掏出一张名片交给徐义雄，说："这是我的电话号码，如果你有兴趣让他学琴的话，可以找我。"

"我们没钱。"徐义雄说。

"我可以不收学费。"夏绿萍说。

徐义雄没回答，随手把那张名片放在口袋里，拉着韩坡走。

韩坡跟在他舅舅后面。走了几步，他往回望，看到夏绿萍优雅地站在雨中，一种说不出的温柔。

他在舅舅家里没说过一句话。三个月后，徐义雄找出夏绿萍的名片，打了一通电话给她，表示愿意让韩坡去学琴。

在夏绿萍的公寓里，他第一次弹了妈妈常常弹的《遗忘》。那天，夏绿萍叼着一支雪茄，站在钢琴旁边，雪茄的味道在房子里流曳，熏着他的脸。

7

韩坡和叶飞喝了不少酒，摇摇晃晃地走在长满栗树的长街上。

叶飞突然很机警地跳过一条狗粪，一边走一边咒骂："巴黎就是狗屎多！"

韩坡走在前头，暗夜里，远处不知什么地方一盏灯还高高地亮着，像灵堂里的一盏长明灯。

8

窗外，漫漫长夜缓缓的月光，韩坡坐在他那间小公寓的地上，啃着从餐厅带回来的卖剩猪脚，这是他在潦倒日子里最丰盛的食物。

那个雨天，夏绿萍无意中从阳台上用望远镜看到他在对面一幢公寓的楼底下歇斯底里地弹琴。虽然琴声被雨声盖过了，但他的动作和音感震撼了夏绿萍。这么小的一个孩子，手指每一下落在琴键上,竟好像与那淅淅沥沥的雨声同歌。她吃了一惊,告诉自己，一定要教这个学生。

然后，她撑着雨伞跑来，在最苍茫的时刻，救赎了他。

9

韩坡走到楼下拍叶飞的门。

叶飞蒙蒙眬眬地来开门。

“你有没有钱？”韩坡问。

“你要多少？”

“你有多少？”

叶飞在床垫下面翻出一沓钞票，那里有几百法郎。

“我现在只有这么多。你要钱来干什么？”

“回香港。”

“你刚刚那样花钱，现在又问我借钱回香港？早知道不用你请去看艳舞！”他咕哝。

“你只有这么多吗？”韩坡一边数钞票一边说。

“你还想怎样？”

“我回去送一个人。”韩坡说。

“又要交租，又要交学费，我哪来这么多钱？真是怕了你！我明天去银行拿好了。我户头里还有点钱。”

“不用了，我找以前的女朋友想想办法，每个人借一点，应该可以凑够钱买一张机票的。”他说。

叶飞笑了：“那你不只买到一张机票，大概可以环游世界了。”

10

韩坡靠在甲板的栏杆上，遥望岸上那座教堂的圆顶。他是回来送葬的，此刻却在渡轮上。

就在推开教堂那道圆拱门的短短一瞬间，他听到肖邦的《离别曲》，他的手僵住了，立刻缩了回去。虽然隔了这许多年，他马上听出是谁在弹。只有她才能够把《离别曲》弹得那样诗意而破碎，宛若在风中翻飞而终究埋于尘土的落叶。这些年来，她进步了不少，已经不可以同日而语。

他颓然坐在教堂外面的石阶上，再没有走进去的勇气。

11

一晃眼十六年了。八岁那一年，他和李瑶都已经是八级钢琴的身手。夏绿萍替他们报了名参加少年钢琴家选拔赛，首奖是英国皇家音乐学院的奖学金。

那是个冬日的夜晚，天气异常寒冷。钢琴比赛的会场外面，陆陆续续有参赛者由家长带来。韩坡跟在舅舅后面，他身上穿着一套租来的黑色礼服，脚上踩着那双舅母前一晚帮他擦得乌黑亮亮的皮鞋，一副神气的样子。然而，他冻僵了的手却在弹大腿，把大腿当成了琴，一边走一边紧张兮兮地练习待会儿要比赛的那支曲。

前一天晚上，他听到舅舅跟舅母说，要是他输了这个比赛，便不要再学钢琴了。

“弹琴又不能混饭吃！”他舅舅说。

徐义雄是个脚踏实地、办事牢靠、恪尽职守的邮差，还拿过几次模范邮差奖。韩坡的父母死后，他把韩坡接回来抚养。他是不情不愿地让韩坡去跟夏绿萍学琴的。他压根儿不相信艺术可以糊口，只想韩坡努力读书，有个光明的前途。那么，他也就是尽了做舅舅的责任。

韩坡的爸爸是个二世祖，靠着父亲留下来的一点祖业，一辈子从没做过任何工作。韩坡的妈妈中学一毕业就嫁给了他爸爸，从没上过一天班。

这两夫妇很恩爱，婚后住在薄扶林道一幢布置得很有品味的房子里，过着优渥而附庸风雅的生活。韩坡四岁之前，身上穿的是质料最好的名牌童装，生日会不是在麦当劳而是在乡村俱乐部举行。三岁那年，他已经去过巴黎，虽然他事后完全没有印象。

直到这对夫妇交通意外身故之后，大家才发现他们因为挥霍和不擅理财，早已债台高筑。

徐义雄很疼他姊姊，但他无法认同她过生活的方式。他觉得他有责任保护韩坡，不让他走父母的旧路。

这次比赛输了的话，就证明他不是最棒的，那又何必再浪费光阴？世上有千千万万的人在学钢琴，成名的有几人？

会场外面，有人在韩坡背上戳了一下，他知道是李瑶，两条手臂于是立刻垂了下来，装着一副很轻松的样子。李瑶走到他身旁，朝他淘气地微笑，脱下手套，伸出双手，说：

“漂亮吗？”

她那十片小指甲涂上了鲜红色的蔻丹，宛若玫瑰花瓣。

“妈妈帮我涂的！她说她每次涂这个蔻丹都会有好运气。”

这天晚上，李瑶穿了一袭象牙白色的丝缎裙子，领口和裙摆缀满同色的蝴蝶结，侧分界的头发帖帖服服地在脑后束成一条马尾，随着她的身体摇曳。

陪着李瑶来的是她妈妈傅芳仪。

她温柔地摸摸韩坡的头，问：“紧不紧张？”

韩坡抿着嘴唇，紧张得说不出话来。他可没李瑶那么轻松。李瑶的爸爸是个白手兴家的建筑商，家境富裕，即使拿不到奖学金也没关系，她依然可以去外国深造。但韩坡输不起。

夏绿萍在大堂里等着他们。她捏住韩坡的手，责备他：“为什么不戴手套？你双手很冷！”她一边说一边搓揉那双因为紧张和寒冷而哆嗦的小手。

12

韩坡和李瑶一起在后台待着，前面的几个参赛者都弹得很好，韩坡又偷偷弹自己的大腿。

李瑶首先出场。她站在台中央鞠了个躬，然后缓缓走到那台钢琴前面坐下来，双手轻柔地抬起，像花瓣散落在琴键上。

她弹得像个天使，那台庞然巨物比她小小的身躯何止重百倍，却臣服在她十指之下。她把夏绿萍为她挑的肖邦《雨滴》前奏曲弹得像天籁，靠着她，凡人得以一窥那脱俗而神圣的境界，片片花瓣从天堂洒落。

韩坡在后台看得目瞪口呆，李瑶比平日练习时发挥得更淋漓尽致，这是她弹得最好的一次《雨滴》。他肩头的石块更重了。

掌声此起彼落，李瑶进去后台时，兴奋地戳了戳他的肩头，在他耳边说："你也要加油啊！"

13

韩坡坐在钢琴前面，就在这一刻，他心头好像有几十只小鸟乱飞乱撞。夏绿萍为他选的是《离别曲》。

他双手温柔地抚触琴键，好像在弹一首即兴创作的诗，每一个音节都以惊心的韵律获得了醉人的色彩。就在这时，一颗汗珠从他额头滚下，缓缓流过他的眼眉和眼睑，刚好停在他的睫毛上。由于聚光灯的折射，那颗汗珠成了一个五彩幻影，挡住他的视线，韩坡觉得有点涩，眨了眨眼，就在那一瞬间，他的手指错过了一个键。他仓皇地想去补救,结果却只有更加慌乱。像一盘走错了的棋，他把自己逼上了绝路。

草草弹完了最后一个音符，他的头发全湿了，心头的小鸟都折了翅膀，惨然地飞坠。

李瑶在后台看到失手的韩坡，她难过得哭了。

韩坡呆呆地望着琴键，只希望可以重来一次，只要一次就好了，但这是永不可能的希望。

14

那个晚上，李瑶拿了首奖。这个奖，把他们从此分隔天涯。

回家的路上，舅舅跟他说："不要再学了。"

他默默地走着，没抗议，也没哭。

直到李瑶上飞机的那天，他坐在校车上，因为修路的缘故，校车走了另一条路。那条路上有一家琴行，橱窗里放着一台擦得亮晶晶的黑色三角琴，在阳光的滤洗下，闪耀出一道灿烂的光华。就在那刻，他的脸贴住车窗，明白了这是他和钢琴永远的离别，所有辛酸都忽然涌上眼睛，他抽抽噎噎地哭了。如果爸爸妈妈还在，那该有多好。

15

韩坡从台阶上站了起来，在怀中掏出一小包巧克力，松开丝带，把里面两颗松露巧克力埋在教堂前面的一株白兰树下。这是他带回来给夏绿萍的。

有一次，夏绿萍从巴黎带回了这种圆圆胖胖的松露巧克力给他和李瑶，每一颗都有一种丝绒般的光泽，融在舌头的一刹那，留下了甜蜜的滋味。

“像一个完美的C大调！”夏绿萍叹喟。

她告诉他们，将来有机会到巴黎的话，千万别忘记尝尝这种巧克力，她自己是每趟到巴黎都不肯错过的。

他猜想夏绿萍当天那盒巧克力是在名震巴黎的“巧克力之屋”买的，他带来了，用两个C大调代替灵前的一束白花。

16

十六年后的《离别曲》弹完了，十六年前的《离别曲》却依然回响于他的记忆里。弹琴的那个人还是像个天使吗?

他离开了教堂，毫无意识地走上一艘渡轮，横渡往事的潮涨潮落。教堂上的钟楼遥遥在望，这个老去的孩子，只能在船上为夏绿萍唱一支挽歌。滔滔流逝的时光，化作白日下的一掬清泪。

第二乐章 | 遥远

惟有爱情，
始于如此的兴奋与渴望，
又终于如此的挫败与荒凉。

1

李瑶和顾青是在英国认识的。当时，她跟一个念作曲的男生分手差不多一年了。圣诞节临近，她的日本同学望月邀请她去参加平安夜的派对。

“这种日子，不要再窝在宿舍里！”望月说。

派对就在望月男朋友桶田那幢漂亮的公寓里举行。当夜，李瑶在那里邂逅也是从香港来的顾青。从不相信一见钟情的她，当下才发现，人们不相信某件事情，也许是他们还没机会遇上。一旦遇上了，便再没法那么振振有词。

顾青是她一直向往的人。

心理学家说，人的潜意识中，存着老旧而破损的家庭照片，只受到如那泛黄印象的人吸引。顾青的出现,就是那么理所当然,他像是她已经认识很久的人。在异乡那个寒冷的冬夜,他那温暖的微笑和从容的气度,震撼着她灵魂中的每一丝每一毫。而她何其幸运,这种震撼并不是单向的,她仿佛也是从他那张老旧的家庭照片里走出来的人。

世界充满意外,心灵则不然。我们爱的是我们一直在心中酝酿的人,然后有天邂逅这个预先设定的理想,问题只在时间迟早。

派对结束之后,顾青送李瑶回去。已经是凌晨两点钟了,两个人朝伦敦的平安夜走去,一路上心荡神驰。到了宿舍外面,顾青问她:“你明天——呃,应该说是今天稍晚的时候会做些什么?”

“我会在家里孵鸡蛋。”她朝他微笑。

“我也是孵鸡蛋,那么,不如我们一起去吃蛋炒饭,你也可以再考虑一下那个表壳。”

她粲然地笑了。

当天大伙儿交换礼物的时候,李瑶抽到望月在波特贝露道一家古董店买的玫瑰金表带。顾青抽到的竟刚好是桶田一个朋友送出来的古董表壳,同样是玫瑰金。

顾青坚持要李瑶收下那个表壳，李瑶却认为顾青应该得到那条表带，因为那个表壳对她来说好像大了一点。顾青把表壳放在李瑶的手腕上量度了一下，说:“不会太大，刚刚好。”

但她坚持不该要他抽到的礼物。

这个讨论持续到圣诞夜他们吃蛋炒饭和烤鸭的时候。结果，他们决定各自保留表壳和表带，纪念他俩的相识。

2

从那天开始，李瑶在伦敦不再是形单影只。两年的日子里，她和顾青经常结伴去看歌剧、逛博物馆，或者到湖区去度假。他们也一起游过了罗马、佛罗伦萨和巴黎。顾青有时会陪她练琴，他是个很好的听众。

正在剑桥念金融财务硕士的顾青在朋友间是个很受欢迎的人。他有人情味，正直、幽默，读书成绩好，人又聪明。顾青在家里排行第三，有两个姊姊和一个妹妹。顾青出身自香港一个名门望族，家里是开银行的。虽然家境富裕，顾青过生活却很俭朴。他课余在学校里当助教，赚点生活费。为了省点房租，他还帮年老的房东遛狗。他遛狗很用心，他会陪那条缺少运动的哈巴狗跑步，让它四条腿都练得结结实实，结果，那条街上大半的狗主都雇他遛狗。

第一次请李瑶吃饭的那个圣诞夜，他笑笑跟她说："感谢一条斑点狗和两条老虎狗，这顿饭是它们请客的。"

那以后，李瑶常常陪他遛狗。

顾青穿衣服也很俭朴，他冬天常穿的那件蓝色呢绒拉链外套，都穿了六年了。他的头发是自己剪的，也帮朋友剪。

有一年，傅芳仪去米兰看时装展，回程的时候来伦敦探望李瑶。顾青陪李瑶去接机，傅芳仪一看见顾青就喜欢了，但她提醒她女儿："千万别那么年轻便结婚，婚姻会扼杀一个女人的梦想。"

3

李瑶的爸爸妈妈在她十一岁那年离婚了。

那天早上，她在学校宿舍里接到爸爸打来的电话，一向坚强硬朗的爸爸在电话那一头泣不成声，一个十一岁的孩子倒过来安慰一个四十岁的男人。

“我没事！我真的没事啊！爸爸。”

直到两个星期后的暑假，同学都回家去了，爸爸独个儿来伦敦看她。暮色里，李瑶在宿舍外面看到这个仿佛在一夜之间老去的男人，她眼里盈满了泪水，跑上去，跳到爸爸身上，紧紧地揽着他，手指在他颈背上戳了好几下，既是怜惜，也是责备，责备他留不住妈妈。

4

离婚是傅芳仪提出的。

这个拥有美满家庭的幸福女人，有天独个儿逛街，突然很想吃一块蓝莓奶酪蛋糕，于是，她带着无比的渴望走进一家咖啡店，点了一块蛋糕和一杯牛奶咖啡。

侍者端来一块蓝莓奶酪蛋糕，蛋糕旁边放着一球香草冰淇淋。当她尝到第一口蛋糕的滋味时，全身突然一阵战栗，记忆里轰然一响，把她送回去遥遥远远的青葱岁月。

中学毕业晚会结束之后，她跟几个要好的同学去了咖啡店。她们都点了那里最美味的蓝莓奶酪蛋糕，蛋糕旁边放着一球香草冰淇淋，那是个怎么吃也不会胖的年纪。她用手指沾了点蛋糕放在嘴里品尝。同学们热烈地讨论着自己的将来，每个人都有梦想。她们问：“芳仪，你呢？”

她想要成为时装设计师。

她从小就喜欢时装。她那个美丽而端庄的妈妈在友侪间是以会穿衣服出名的，虽然生活紧绌，而且不过是个家庭主妇，但傅芳仪的妈妈总是把自己和孩子打扮得漂亮得体，她还会自己做衣服。

带着这种遗传长大的傅芳仪，自然也很会穿衣服，她中学时的零用钱大部分都花在时装杂志上。她本来想念时装设计，为了前途，选了英国文学。妈妈说，念英国文学，毕业后起码可以当教师，生活比较稳定。

大学第二年，她认识了比她年长七岁的李存厚，毕业之前，她意外怀了李瑶，只得匆匆披上婚纱去。

婚后，丈夫的事业愈来愈成功，女儿在八岁那年拿到奖学金上英国皇家音乐学院，现在十一岁了，她将会有一个灿烂的未来。

傅芳仪突然有点妒忌自己的女儿，李瑶面前有一片壮阔的梦想，可是，她自己呢？除了一段已经消逝的爱情和一段平淡的婚姻，她一无所有，而她已经不年轻了。幸福，到底是她所过的生活，还是那些她曾热切地向往却失落了的生活？

她望着面前那一球融掉在蛋糕旁边的冰淇淋怔怔发呆。

那个晚上，她告诉李存厚，她要离婚。无论这个跟她共同生活了十一年的男人怎样哀求，她也不肯回心转意。她已经不爱他了，这个男人只是她的亲人，是她的熟土旧地，埋葬了她诗意的青春和梦想，而且已经无能力再提供她需要的爱了。她不怪他，但她告诉他，生命会在某个时刻召唤我们；召唤她的，是一块奶酪蛋糕。

那个可怜的男人以为他妻子疯了。

5

傅芳仪用赡养费开了一家高级时装店。她那几个最有野心的同学都赶在生物时钟敲响之前结婚生孩子，只有她，重寻失落了的梦想。她要成为时装女王。

李存厚在离婚后把香港的生意统统结束了，一个人去了加拿大魁北克，整整两年陷在悲伤之中。两年后，他在街上碰到一个中学时的女同学，这个女人从前很仰慕他。李存厚跟她结了婚，生了个男孩，留在那边生活，不打算回来了。

跟傅芳仪由相识到结婚十三年之后分离，然后在异乡遇上一个故人，过着另一种人生。他终于相信，生命会在某个时刻召唤我们，而我们唯一可以做的，是响应这种召唤。

6

十年之间，傅芳仪已经建立起她那个小小的王国。她的眼光得到不少顾客的赞赏，时装店一再扩充，还开了两家分店。每年的时装节，她穿梭于巴黎、伦敦、米兰和纽约，亲自去见设计师，亲自买货，像个大学女生那样，提着沉甸甸的笔记簿在各个时装展上努力做功课。

时光是否永难唤回，永远失落，那得要看你肯付出什么代价。

傅芳仪找到真正属于她的舞台，她比以往任何时刻都要快乐，虽然这种快乐有时候伴随着异国长夜的孤单。

由于爽朗迷人的个性，她有过两段罗曼史，但她早就决定不向爱情效忠，只效忠于自己。

她对时装充满热情，对数字却一塌糊涂。由于不擅理财，加上汹涌的经济风暴，她债台高筑，两家分店先后关闭，欠下银行一大笔债，连前夫留给她的那幢房子都抵押了。

7

当外婆在长途电话里把消息告诉李瑶的时候，她才知道妈妈两年来都在还债。

一个星期后，傅芳仪来伦敦看时装展。李瑶去旅馆找她时，她头发蓬松，房间的床上放满了衣服。看到了李瑶，她把她拉到一面椭圆形的镜子前面，将衣服一件一件披在李瑶身上，兴奋地向李瑶缕述这些设计的每一个细节是多么令人赞叹。然后，她喜孜孜地告诉李瑶，她刚刚拿到这个品牌的代理权。

还是李瑶首先提起欠债的事。

傅芳仪满不在乎地说：“只是个小数目。”

“那到底欠多少？”李瑶问。

傅芳仪耸耸肩，说：

“我不知道。”

一个人不知道自己户头里有多少钱，和一个人不知道自己欠债多少，都是同一个理由，就是太多了。

李瑶毫无办法地看着她妈妈，她背朝着李瑶，蹲在地上收拾散落一地的衣服。就在那一瞬间，李瑶看到她曾经年轻美丽的妈妈头顶上有了一绺白发，一种悲伤忽然淹没了她，妈妈变成了她的孩子，她不理她，她就灭亡了。

“我不要去德国了。”她说。

8

李瑶本来打算毕业后去德国深造的，顾青说好要跟她一起去。现在她决定回香港，她得把这个决定告诉顾青。

“我陪你回去。”顾青说。

“你用不着这样做。”她知道顾青一直不想回去香港。回香港去，便意味着他要到家族的银行工作。

“我们不是说好了的吗？”顾青朝她微笑。

去年，他们在伦敦的湖区度假。那个晚上，星垂湖畔，他们靠在那幢租来的小白屋前面，她问他：

“你知道为什么女钢琴家比男钢琴家少吗？”

“因为男孩子弹琴比较棒？”他笑笑说。

她戳了戳他的鼻子，说：

“因为，一个女孩子在不同的城市间奔波演奏，是很孤单的。”

“以后无论你去哪里，我都陪在你身边。”他说。

在那个浩大而高远的寒夜里，她眼里溢满了泪水，蜷缩在他怀中，想着遥遥远远的未来。人生是个过程，自有其前进的齿轮，但她何其幸福，她深爱的人愿意成为她背后的动力。

9

李瑶回到香港的第二天，接到夏绿萍的死讯。夏绿萍患的是肺癌。她并没有告诉身边的亲人和朋友。做手术切除体内癌细胞的那天，她是一个人进去医院的。主诊医生苏景志是她的老同学。进去手术室之前，苏景志很认真地问夏绿萍，要不要通知什么人。

“如果我没有醒过来的话……”她疲倦地微笑。

夏绿萍在手术后醒来，拒绝了随后的化疗。

“我不希望弹琴的时候，我的头发会一大把一大把地掉在琴键上。”她虚弱地说。然后，她又说：“而且，你和我都知道这是没有用的。”

出院的那天，苏景志坚持开车送夏绿萍回去。下车的时候，她问：“还有多少时间？”

他黯然地告诉了她一个非常短暂的时间。

她凄凉地笑了：“还可以吸雪茄吗？”

苏景志笑了笑，说：“如果我是你，我不会放弃这种好东西。”

回家之后，她一如往常地生活。一天夜里，疼痛折磨着她。

她爬起床，走出客厅，拧亮了钢琴旁边一盏昏黄的灯，坐在那里，点起一支雪茄。

她颤抖着吐出一个烟圈，这支烟像吗啡一样，暂时麻醉了她的痛楚。五十年的时光一晃而过，她手里夹着烟，用琴键抚爱回忆。同样一支小夜曲，二十年前有人为她弹过，她曾经撕心裂肺地爱过那个男人，此刻都成为往事。时间伟大而漫不经心地重新安排人与地，她曾经以为，当她年老，有一天，她和他会在这个城市重逢，他温柔地问起她的近况，就在那一瞬间，所有的微笑和痛苦都盈盈在眼前，却又流转如飞。惟有爱情，始于如此的兴奋与渴望，又终于如此的挫败与荒凉。

她那双枯瘦的手在琴键上散落如雨，最后，她倒在那台她心爱的钢琴前面，没掉过一根头发。她手里的烟还没烧完，像那支低回了二十年的小夜曲，萦绕在她身畔。

10

李瑶陪着夏绿萍的灵柩到墓地去。送葬的行列中，一个穿黑色大衣的年轻女人不时朝她微笑。

离开墓地的时候，这个女人走到李瑶身边，自我介绍说，她名叫林孟如，是夏绿萍以前的学生，算起来是李瑶的师姐了。林孟如现在是一家跨国唱片公司的高级职员。李瑶知道这家唱片公司，他们做的音乐很有水平。

林孟如称赞李瑶在教堂里弹的那支《离别曲》实在弹得太好了，然后，她问李瑶会不会有兴趣作曲。

李瑶现在跟妈妈住在一幢租来的小公寓里。爸爸留下来的那间大屋已经卖掉了，用来还债。她正需要一份工作。

她用家里那台她八岁之前用的雅马哈钢琴写了两首歌。那天，她带着曲谱去找林孟如。林孟如刚好搬到新的办公大楼去。搬运工人在外面团团转，林孟如从一堆乱糟糟的东西里找出一部电子琴，横放在两排叠得高高的唱片上，跟着曲谱试着弹她写的歌。

她紧张地望着林孟如，虽然她以前在学校学过作曲，但作的都是古典曲，流行曲还是头一遭。写得好的话，她说不定可以拿到一点钱，以后的生活也有个着落。

一边弹的时候，林孟如望着李瑶，满意地笑了。

李瑶松了一口气，她从林孟如的笑容里看到了一种肯定。

林孟如挪开了琴，跟李瑶坐在办公桌上喝咖啡，然后，她问李瑶会不会有兴趣自己来唱那两首歌。

“相信我，你会成名的。”她跟李瑶说，她的语气是那么肯定和充满信心。

11

李瑶是一定要成名的，林孟如在心里跟自己说。她以前在一家规模比现在小的唱片公司工作，但她还是做出了很不错的成绩。一年前，她被高薪挖过来。一向高傲的她，以为可以更上层楼。可是，一年下来，她连一张像样的成绩单都交不出来。跟她同级的另外两个人，手上都有一两张王牌，帮公司赚了大钱。老板虽然没说什么,但她的前途是押在这里的。李瑶的出现，是她的希望。她很相信自己的眼光，以李瑶的条件，要蹿红是毫无困难的。

李瑶的命运同时也是她自己的命运。她要不惜一切把她捧成一颗闪耀的明星。唯一令她担心的，是这个女孩子对于当歌手这件事看来并不很热衷。她了解这些学古典音乐的人，她们心里有太多复杂的情结。于是，她换了一种方式跟李瑶说：

“我们一起来做一些好音乐吧！”

12

李瑶并不像一些学古典音乐的人那样抗拒流行，流行音乐有个好处，就是普及。音乐是个旅程，每个人也许都曾经被一支流行曲深深地感动过。这支歌陪着他们成长，也陪着他们老去，然后，在人生某个不经意的时刻，同一支歌会唤回了所有的往事。

在伦敦的时候，她和望月经常躲在宿舍房间里偷偷听“辣妹”，两个人还学着辣妹的唱腔，把睡裙撩到大腿上，跳着性感的热舞。她只是没想过会站在舞台上唱歌。

这个女孩子从来不需要选择自己的命运。三岁那年，妈妈发现了她的音乐天分，把她送到夏绿萍那里学琴。八岁那年，她拿了奖学金去英国。在她年轻的生命里，最沉痛的打击是父母离婚，那也不是她可以控制的。

然后有天，命运把她送回来她出生的地方，童年那些无忧的日子已经远远一去不可回了。

此刻，命运又向她招手，而且是在她老师的墓地里。她从未了解命运的奥秘，然而，当机缘之鸟翩然降落在她的肩头上，她不禁再三回首。或许，她可以做一些好音乐，这些音乐将来会成为别人的回忆，唤回生命中美好的时光。而且，她还能赚一点钱，救救她那个太任性的妈妈。

13

林孟如带着李瑶写的歌去找一个人。她走进一间位于一幢大厦二十楼的录音室。录音室里，有个男人蜷缩在一张短沙发上睡觉，身上穿着一件黑色毛衣。林孟如坐到他脚边，拍了拍他的大腿。男人蒙蒙眬眬地醒转过来。林孟如把曲谱递给他，说：

“这两首歌写得怎么样？”

男人坐直身子，揉了揉疲倦的眼睛，一边看歌谱一边伸手去拿那杯放在旁边的、凉了的咖啡。

“谁写的？写得不错。”他呷了一口咖啡，说。

“是个女孩子。”她回答。

“她是什么人？”

“我的师妹，英国皇家音乐学院钢琴系毕业。她的嗓子不错，我想你捧红她。”

“她长什么样子？”

“很快你便知道。”她一边说一边帮他扣好毛衣上松开了的三颗钮扣。

她和他之间有一种暧昧的余情。

这个双眼布满血丝，头发乱糟糟，胡子没刮，看来已经几天没离开过录音室的男人名叫胡桑，在德国学音乐。他是她的旧情人。他监制过许多出色的唱片，名字一度炙手可热。曾几何时，她为他的才华倾倒，他们深深地相爱过。

七年前，他为她离开了太太和儿子。那时，她才二十三岁，他三十三。她终于得到她想望的男人；可是，得到了，又是另一回事。爱在生活里流逝，在期待落空的每一个瞬间流逝，也随她的成长而流逝。

他不再是她心中那个神圣而高大的形象，不再是一个遥不可及的情人。从前，她总觉得自己配不上他，她得不断进步以免跟他距离太远。后来却发现，不进取的那个人是他。终于她明白，她需要的，是这个男人的缺席，而不是他的在场。

她知道惟有胡桑能帮李瑶，李瑶需要他，他也需要李瑶。他的事业已经今非昔比了。

14

胡桑看着那两页歌谱，他没想过对她说不。他深深地爱着面前这个女人，有些人注定是另一个人的死穴，林孟如是他的死穴。分手四年了，他依旧像过去一样爱着她，依旧在夜里思念她。他甚至能够为她死，何况是要在事业上帮她一把？他听说她在新公司里并不如意。他太知道了，她好强的外表只是用来掩饰脆弱的自我，她老是怀疑自己不够好，不值得爱，惟有不断前进，才能证明自己的价值。

只要他还有一口气，他会守护在她身畔。

15

这个时候，顾青和李瑶在一家印度餐馆里吃饭。她兴奋地复述今天发生的事：林孟如喜欢她的歌，并且问她会不会有兴趣自己来唱。如果她答应的话，他们会跟她签约，然后出唱片，她可以做她自己喜欢的音乐。这意味着她将会成为歌手。

她好像期待顾青的意见，然而，他看得出来，她是期待他的支持。他也知道她需要一点钱来帮她妈妈还债，而她是不会接受他的援助的。

“为什么不试试看？”他做了她期待的事情。

她那么有天分，能够好好使用，才没有白活一场。

“我能够为你做些什么？”他问。

顾青现在在家族的银行上班，他姊姊顾贻和顾雅也是在银行里工作。顾贻是个工作狂，是爸爸最得力的助手，顾云刚最疼她。顾贻谈过几段恋爱，如今还是独身。顾雅只比顾青大一年，顾青从小就觉得她是家里最聪明的孩子。然而，人太聪明了，便难免会迷失。她很多时候不知道自己想要追求一些什么，她刚刚和相恋两年的男朋友分手。

顾青的妈妈最疼他，顾青到银行上班，也是为了妈妈。这个善良的女人虽然放洋留学，骨子里却很传统。她相信人生有许多责任。为人女儿，为人妻子，为人母亲，都是她的责任，她总是害怕自己做得不够好。

在自己家族的银行上班，时间比较容易控制。那么，他便可以为李瑶处理一些事情。结果，李瑶跟唱片公司的合约是他去谈的，他成了她的经纪人。

16

李瑶的唱片在四个月之后推出，那是一张很有水平的唱片，甚至有评论说，这张唱片是胡桑近年的代表作。唱片的销量超过了他们预期的，李瑶的名字已经有人认识了。

名气好像一夜之间涌来，几乎令人措手不及，她忙着为事业奋斗。

今天晚上，李瑶要出席电视台一个现场直播的音乐节目。顾青一个人在家里，看到了在电视屏幕上出现的她。李瑶穿着傅芳仪为她搭配的衣服，品味出众。她一边弹琴一边唱歌，她是那么漂亮，甚至比以前更漂亮了一些。一种不安忽然压在顾青心头。在伦敦的日子，除了天气偶然令人沮丧之外，生活是那么简单和平静，仿佛是可以过一辈子的。时光已经永难复回吗？铺在李瑶脚下的，是顾青从来没有想过也没法想象的一种人生。他会从此失去她吗？

然而，很快地，他这种想法受到了自己内心的谴责。如果他对一个人的爱是足够的，为什么会害怕她成功？难道他不希望她成功吗？从认识她的那天开始，他便知道她不会是个平凡的女孩，他比任何人更早地发现她的优秀。这一刻，他不是应该感到骄傲吗？

假使他注定要失去她，那么，他至少是无愧的。他们一起走过了伦敦的夜色，他知道，以后的夜色也许都不一样了。然而，每一个改变，都是通向一次考验，正如今天晚上，她不在身畔，但他发觉自己比往昔更爱她。

人的生活就像作曲，每个人在自己生活的乐章里都有一个永恒的位置，他愿意和她一起谱写他们共同的那支歌。

17

韩坡没有回去巴黎，那天在渡轮上，他遇到一个人，改变了他的计划。那人是他的旧同学鲁新雨。鲁新雨在一行座位里发现了韩坡，他走上去跟他打招呼，两个人拉杂地谈了一些往事。鲁新雨记得韩坡以前很受女生欢迎，而且很会做生意。韩坡不知从哪里弄来一些冒牌名牌皮具，卖给那些爱慕名牌又买不起真货的女生。他还收集同学们的旧唱片，拿去二手唱片店转卖，自己收一些车马费。

韩坡窘困地笑了，这些事，他都不记得了。那时为了赚点零用钱，减轻舅舅的负担，他做过很多兼职。

“你有兴趣做唱片店吗？”鲁新雨忽然问。

然后，鲁新雨告诉韩坡，三年前，他开了一家唱片店，卖新唱片，也卖二手唱片。这家店的规模虽然小得可怜，但是从一开始便赚钱了。现在，他很想把这家唱片店送给别人。三个月来，他一直找不到合适的人，他平日是坐地下铁上班的，今天很偶然地搭渡轮，竟然遇上韩坡，而韩坡以前也帮同学卖过旧唱片，看来他是最适合的人选了。

韩坡着实吓了一跳，怎么会有人把一盘赚钱的生意无条件送给他呢？

这个时候，鲁新雨带着一抹幸福的微笑说，他女朋友下个月便要去西班牙，她会在那边逗留一年学西班牙语。他答应了陪她一起去，他不放心她一个人。他又补充说，她是个很好的女孩：聪明、迷人，很特别。他走了，唱片店便没人打理，反正卖出去也赚不了多少钱，他想到要送给一个人。

韩坡没答应。

鲁新雨坚持要他再考虑一下，并且跟他约好隔天在唱片店见面。

隔天，韩坡去了唱片店，那家店小得只能让几个人同时挤进去，生意却还不错。然后，那个女孩来了，韩坡看见她，不禁有点诧异。她只是个很平凡的、长着一双大耳朵的女孩。爱情或许都是大近视，我们爱上惟有我们才觉得无与伦比的人，那是一种视觉的偏差。

三个人去吃饭的时候，鲁新雨坐在大耳朵旁边。大耳朵的话很少，一直低着头看书，鲁新雨不时提醒她说，菜凉了，先吃一点吧。这个时候，大耳朵会抬起头来，朝她男朋友柔情地微笑。韩坡被这种感情打动了，答应替鲁新雨暂时管理唱片店，而不是作为一份礼物。

“一年后你回来，我便还给你。”韩坡说。

他想，或许可以利用这一年的时间赚点钱，再去任何一个地方,除了巴黎。他突然对巴黎的猪脚感到一股嫌恶。这天晚上，鲁新雨刚好点了一客蜜汁火腿，和大耳朵两个人吃得很有滋味的样子。

18

于是，韩坡留了下来，四个月后，他在唱片店里看到李瑶的唱片。这张名为《遥远》的唱片，是李瑶自己作曲的，里面收录了她的钢琴独奏。唱片风格介乎古典和流行之间，看得出是透有野心的尝试。唱片封套上，李瑶穿着一袭无袖的白色丝衬衣和黑色西裤，靠在一台亮晶晶的施坦威钢琴前面，一副充满自信的样子。

她出落得比以前更清秀了，只有一双眼睛依旧淘气又明亮，跟小时候的她没有两样。他以为李瑶有天会成为钢琴家的，怎么一夜之间成了歌手？他把那张唱片放在店里最显眼的位置，整天播她的歌。只是，就跟那张唱片的名字一样。他和她，已经太遥远了。

第三乐章 | 重逢与遗忘

他的生活和钢琴，

就像音乐和弦上的音符一样共同存在，

而命运却把他们硬生生地分开了。

1

一开始就是一个坏日子。韩坡大清早接到舅母的电话，提醒他别迟到，这天是他父母的忌辰。他挂上电话，醒来又滑回睡眠，以致当他再度醒来时，已经迟了。

他匆匆赶到墓地去。他的父母死于二十年前的这一天，埋在同一口墓穴里。二十年来，徐义雄每年的这一天都一定率领一家人来拜祭。韩坡只有在去了欧洲的那三年才缺席。

他来到墓地的时候，表妹徐幸玉朝他抛了个眼色，又望了望她爸爸的背脊。韩坡就是怕看见他舅舅，怕他的唠叨和责备的神色。现在，徐义雄脸上又出现了那种神色，知道了韩坡还在卖唱片之后，他说：

“为什么不正正经经找点事做？”

徐义雄不知道他这个外甥脑子里想些什么。他大学毕业之后，在补习学校教了九个月英文，便去了欧洲，像个寄失了的邮包似的，几乎是下落不明，三年后才又打回头。

他这个人太不进取了。他有多么不进取，徐义雄就觉得自己有多么愧对姊姊和姊夫。他可是尽了心去教养韩坡的，他把他当作自己的亲生儿子看待，把他供到大学毕业，以为他会好好为前途打算，谁知道他什么事都好像漫不经心似的，枉费了自己的一番苦心。遗传就是这么奇怪的事情，韩坡终究还是像他爸爸，即使韩维泽在二十年前的这一天就从儿子的生命中缺席。

韩坡一直默不做声，他很少跟舅舅说话。他尊敬舅舅，可他们是用两个不同频道思考的。

2

离开墓地的时候，徐幸玉把一个小小的蛋糕盒放到韩坡手里。明天是他的生日，她买了一块蛋糕给他。

“别忘记吃啊！”她用手指托托脸上那副大眼镜说。

她要赶回去上课。她是医学院四年级的学生，聪慧、好学、善良又为人设想,只有她没枉费徐义雄的苦心。她长得像她妈妈，不算漂亮，却惹人好感。

韩坡拎着蛋糕，沿着墓地外面的街道走去，忘记走了多远。

父母在他的记忆里已经渐渐模糊了。那块老旧的白色大理石墓碑是时间玄秘的飞逝，提醒他，他曾经是某个人的儿子，曾经有个人把他抱到心头；只是，能够这样做的人已经远去，躺在一口墓穴里。

他走路时几乎视而不见，所以他几乎走过了她的身边，直到他感到自己的臂膀被人戳了一下，他才回过神来，看到了她。但是她已经在远处就认出他了。她走到他身边，露出一抹惊讶的微笑，说：

“你是韩坡吗？”

“我几乎认不出你来！”他抱歉地说。但这是个谎言，他看过她的唱片，即使没看过，也不会忘记她的容貌。他只是对这样子的重逢有点措手不及。

她问他要去哪里，他回答说没什么事要做。她问他知不知道夏绿萍过身了，他点了点头，说自己当时在巴黎，没法赶回来。既然他没地方要去，她提议找一家咖啡店坐下来，她知道附近有一家很不错的，那里有非常出色的意大利咖啡。

他走在她身边，近乎难以置信地看着她。在一个微小的时间里，一种属于以前的时光忽然重演如昨，却都成了斑驳的记忆。

3

这本来是不愉快的一天。大清早，李瑶在一本杂志上读到一篇关于她的评论，那是由一位很权威的乐评家写的。对方在文章里毫不留情地抨击她这个学古典音乐出身的人，不好好去弹她的钢琴，反而在舞台上卖弄色相，简直是古典音乐的一种沦落。在文章的结尾，对方还嘲笑她写的歌实在媚俗得可以。如果不是靠着几分姿色，谁会买她的唱片？

顾青出差去了，她憋着一肚子的委屈离开公寓，想要吸一口善良的空气，于是，她想起了附近有个墓地。

走过墓地的时候，她远远看到一个儿时的相识。一种温暖的感觉从她心头升起，她满怀高兴地走到他身边，戳了他一下。他回过头来，神情有点诧异。

4

“我变了这么多吗？”她问。

“你一点都没变。”他说。

“我写过很多信给你，你一封都没回。”她微笑着抱怨。

“我太懒惰了！”他抱歉地说，低头啜饮了一口咖啡。

这又是一个谎言。

他没回信，因为他太妒忌她了。

他输了那个比赛，钢琴也从他的生活中告退。他从来没有想过，在他们两个人之间，只有一个人能够继续往前走。李瑶从英国寄回来的每一封信，都是对他无情的折磨，提醒他，他不是那个幸运儿。

他曾经多么向往成为钢琴家？八岁之前，他的生活和钢琴，就像音乐和弦上的音符一样共同存在，而命运却把他们硬生生地分开了。他恨自己，也恨李瑶。如果是另一个人赢了，他会好过一点。

李瑶临走之前，打了好几通电话想要跟他道别，他都假装生病，没有接电话。一天，避无可避，他拿起话筒，用一种亢奋得近乎异样的声音说，他正在踏单车，听起来好像他完全不在乎。

“你明天会来送机吗？”她在电话那一头问。

“不行啊！我明天要上学。”

“你记得写信给我啊！”她叮嘱。

后来，他一封信也没写。而其实，他曾经多么喜欢李瑶。

第一次到夏绿萍家里，他弹完了一支歌，李瑶在后面用手指戳了他一下，他笨拙地朝自己身后看去，看到她站在那里，一张脸红红的，朝他灿然微笑。不知道为什么，他也笑了。那是爸爸妈妈走了之后，他第一次笑。

他那天弹的，是妈妈生前常常弹的《遗忘》。妈妈喜欢把他抱在膝盖上，一边弹一边唱，那是一支悲伤的歌。妈妈从来没有跟老师学琴,她是自己跟着琴谱弹的。妈妈也没教过他怎么弹。

那天在夏绿萍家里，夏绿萍叫他随便弹一支歌，他紧张得对着琴键发呆。时间变得愈来愈漫长了，一种熟悉的音调突然从他心中升起，就像妈妈再一次把他抱到怀里，握着他的小手，放到琴键上，鼓励他默默背出每一个已经深深刻在他记忆里的音符。原来，人的灵魂从不会遗忘。

就在那个时间里，他回头看到李瑶，她就像一个诗意的音符，跟逝去的妈妈和他最爱的钢琴融化在一起，唤回那种温暖的怀抱。

虽然李瑶输了他也不可能赢，但是，她赢了，把他丢下，在那个时候，就是对他的背叛。

5

她几乎不会知道，在韩坡心中，她是那个背叛了这段友情的人。

到了英国之后，她写过很多信给他，一直写到十一岁。在知道爸爸妈妈离婚的那天夜里，她躲在被窝里，靠着手电筒的一圈亮光，照亮信纸，写了一封很长的信给他。这一次，他依然没有回音。她没有再写了。

起初，她以为那些信寄失了，又或者是他已经搬家；可是，她很快记起，韩坡的舅舅是个邮差。

她渐渐相信，韩坡已经把她忘了。

6

提到近况的时候，她才知道韩坡已经放弃了钢琴。

“为什么？”她诧异地问。

他耸耸肩:“就是不再喜欢了。”

虽然他看起来满不在乎，但她猜想是那次比赛挫败了他。

她并不想赢，她家里有能力送她出国深造。她希望韩坡能够赢，那么，他们便可以一起去英国。

她一直觉得韩坡比她出色。他家里连一台钢琴也没有，他平时用来练习的，是他舅舅买给他的纸印琴键，就是一种把琴键印在纸上的东西。他把琴键铺在饭桌上，弹的时候完全无法听到声音，只能想象。

在那个寂静的世界里，他却奏出了最响亮的音符。他是个天才。

她忽然对他感到无限地同情。

7

“这又有什么可惜呢？毕竟，人生除了钢琴之外，还有其他。”他再一次耸耸肩，呷了一口咖啡说。

李瑶问起他近况的时候，他很轻松地说，他现在帮朋友暂时打理一家唱片店。

“那你一定知道我出唱片了，你觉得怎样？”她热切地期待着他的回答。

“很好，真的很好。”他回答说。

多少年了？改变的不是李瑶，而是他。李瑶知道他在巴黎混过，于是问起他知不知道有一家猪脚餐厅。她去巴黎的时候，在那里吃过饭，有个来自波兰的琴师在那里弹琴，弹得不错。

他无法坦白告诉她，那个时候，他就在咫尺之遥的厨房里洗盘子。只要他刚好走出厨房去，他们便会相逢。

幸而，他错过了。

曾几何时，他们只是隔着一个英伦海峡，却也隔着天涯的距离。

8

“你不觉得像那篇评论说的，我是在卖弄色相吗？”她问韩坡。

他咯咯地笑了：“如果我有色相可以卖弄，我也不介意。”

“你也有一点色相的！老师就比较疼你。”

“异性相吸嘛！”

“可惜你赶不及参加她的葬礼。”

“人死了，不是躺在一口墓穴里的。”他说。

他们怀了一个早上的旧，那篇恼人的评论已经变得微不足道了。跟整个人生相比，它又算得上什么？

临别的时候，她叮嘱他以后要常常联络。

“这次别再把我忘了！”她说。

9

他不会忘记儿时那段幸福的时光。

一个阳光灿烂的夏日，当他和李瑶来到夏绿萍家里的时候，见到夏绿萍头上戴着一顶阔边草帽，臂弯里穿着三个救生圈，雀跃地说：

“今天天气这么好，我们不要上课了，我们去海滩！”

夏绿萍驾着她那部白色跑车载着他们到海滩去，一路上，车里那台电唱机回荡着麦当娜的《宛如处女》，他们三个跟着音乐兴奋地扭动身体。

在海滩附近的商店里，夏绿萍帮李瑶拣了一套粉蓝色的三点式游泳衣，他自己拿主意挑了一条小鹿斑比的游泳裤。

他们三个都不会游泳，于是各自坐在一个救生圈里，那是他们的小船。在近岸的水面上，他们用双手代替船桨划水。

后来，他们趴在沙滩上晒太阳、吃棒冰。他偷偷把李瑶丢弃的那支棒冰棍子藏起来，放在枕头底下，在夜里吻它。

10

窗外月光朦胧，在他那间狭小的公寓里，韩坡正在读一本书。这本书是夏绿萍死后留给他的，美国存在心理学家罗洛·梅著的《自由与命运》。

那天，夏薇把书交到他手里。他一直想，老师为什么送他这本书呢？她自己何尝不是摆脱不了命运的荒凉，最后孤单地死在她心爱的钢琴前面。

这些日子以来，他把书读了一遍又一遍，惊异地意识到夏绿萍的一番苦心。她好像站在远处，朝他微笑，祝愿他重新了解命运的深沉。命运并非指偶然降临在我们身上的厄运，而是对于人类生命有限性的接纳与肯定，承认我们在智力及气力上的限制，并永无止境地面对自身的弱点和死亡的威胁。

命运的精彩就是有种种限制，有勇气去冲破这些限制，便是作为一个人的自由。

他曾经埋怨命运使他变成孤儿，然后，又夺去他的钢琴。他或多或少因此放逐自己，而今才发现那些并不是自由，而是逃避。

夏绿萍虽死，犹在鼓励他。她比任何人都要了解这个孩子。

比赛前一个月，夏绿萍把他接到自己家里住，好使他可以用一台真的钢琴练习。输了那个比赛之后，他没有再到夏绿萍那里去。夏绿萍来找过他两次，他两次都躲起来，没有为自己争取过一些什么。夏绿萍也没有再来了。

他最后一次见她，是站在窗前，看着她失望地离去的背影。那天下着雨，她穿一身黑色的衣服，撑着一把红伞，就像第一次出现的时候那样。

她从雨中来，又从雨中去。这不是她的命运，而是韩坡自己的命运。他张开了翅膀却没有飞翔。

十六年来，夏绿萍的一双眼睛一直没有离开过他。当生命的弦线将断，她为他留下了自由之歌，只待他自己去吟唱。

11

韩坡把书合上，想起他儿时拥有过的一套书，同样是礼物，而且，最后都成了死者的礼物。

车祸之后，警察在他父母的尸体旁边找到一套书，那是一套共十二本的《姆明童话》故事书，芬兰作家朵贝·杨笙的作品。回程的时候，他的父母走上了另一条路，没能带着这份冒雨出去买的生日礼物回家。

书的扉页上，有他妈妈的笔迹。

给我亲爱的儿子：

历险、迷失、挫折和泪水，本来就是人生的一部分。

愿你生命中永远有童话和乌托邦。

四岁生日快乐！

妈妈

儿时，数不清多少个孤单的夜晚，当他思念起爸爸妈妈的时候，他躲在被窝里，借着手电筒的微光，一页一页地重读这套他已经忘记读过多少遍的书。有时候，他翻到其中一页，啜泣起来，又睡着了。醒来的时候，发觉那一页泪湿了一大片。

八岁以前，他想象自己是姆明，李瑶是哥妮，是他女朋友。

八岁以后，哥妮走了，他也不再是姆明，而是成为了流浪者史力奇。他迷上了那个浪荡的身份，相信自己也会流浪天涯。孤单的心灵借着比喻的绿桥来抚慰自己。这套童话陪着他成长，是他横渡时间的小舟。

从《姆明童话》到《自由与命运》，多少年了？原来他从未领会自由。

他的哥妮回来了。冻结在时间里的许多东西，因距离而照亮。青春驱散了童年，但驱散不了从前的比喻和依恋。

李瑶在他心中漾了起来，就像窗外朦胧的夜，朦胧的月。

12

“我今天在街上碰到韩坡，他回来了！”李瑶在电话那一头说。

“喔，是的，我两个月前见过他，但是那阵子太忙，忘记了告诉你。”夏薇说。

李瑶似乎相信了她的话，还跟她说好改天三个人要一起吃顿饭。她愉快地答应了。

挂上电话之后，夏薇待在自己的公寓里，久久地望着她养在鱼缸里的一条泡眼金鱼。

她以为李瑶迟早会知道韩坡回来了，却没想到那么快。

葬礼之后，有一天，她去找韩坡的舅舅打听韩坡的消息，知道他回来了。她满怀高兴地跑去找他。来到唱片店时，她看到韩坡站在柜台旁边，身上穿着绿色的棉上衣和牛仔裤，脚上踩着一双布鞋。儿时有一次，在夏绿萍家后面的山坡，韩坡走在前面，她在后面追他。他跑得太快了，脚上的一只布鞋飞脱了出去，她被那只鞋绊倒，跌了一跤，滚到山坡下面的一个污水窝里。她以为自己会被水淹死，就在那一瞬间，她看到一双只穿了一只布鞋的脚站在上面，原来韩坡回头找到了她。他把她拉了上去。

重逢的这一天，他也是穿着布鞋，像是一个从她童年往事中走出来的人，时光的青鸟翩然回归。

他说她变漂亮了，她说他还是老样子。她把夏绿萍留下的一个小包包交给他。他打开来看，里面是一本叫《自由与命运》的书。

他请她去吃饭，他们度过了一个愉快的晚上，还提到她那次滚下山坡的事。韩坡问起李瑶，那一刻，她突然害怕李瑶会成为他们之间的障碍。于是，她撒了个谎，说自从葬礼之后，已经没见面了。

13

她非常妒忌李瑶。李瑶拥有一切，她出身好，长得漂亮，而且总是那么幸运，她的际遇好得令人看见了心里不由得发酸。在李瑶身边，她显得多么寒伧。

夏绿萍虽然是她的姑母，但夏绿萍眼中只有韩坡和李瑶。她的八级钢琴是一级一级考回来的，不像李瑶和韩坡那样天才横溢。她从来就不是个突出的孩子。中学毕业之后，她考上教育学院，现在是一名小学教师，在自己的母校教音乐。她向往这份工作，只想保有自己小小的幸福。

小时候，他们三个常常玩在一起，然而，韩坡和李瑶比较要好一点。有一年，李瑶在家里举行生日会，那天来了好多小孩子和大人。吃蛋糕之前，李瑶问韩坡要不要去她的房间看看，夏薇听见了，也跟着去。

李瑶的房间像是公主的寝宫，那张铺上粉红色床单的弹簧床两边绑满了蝴蝶结。李瑶和韩坡趴在上面聊天，她跳上床去，挤进他们两个之间那道小小的缝隙里。

今天，她却害怕李瑶挤进她和韩坡之间。

那个愉快的晚上之后，她为没有告诉李瑶韩坡回来了而感到内疚；然而，好多次，在电话那一头听到李瑶的声音时，她提不起勇气说出来，时间耽误得愈久，她愈不知道怎么说，也不知道怎么解释，惟有当做忘记了。

她告诉自己，李瑶已经拥有那么多，她才不会在乎韩坡，何况她已经有顾青了。可是，那她又为什么不告诉李瑶呢?

她默默地望着缸里那条泡眼金鱼，是她去年生日买给自己的礼物。她忽然觉得自己有点儿像它，因为妒忌的缘故，她的眼睛下面长出了两个像气球般的水泡，成了一种负担。人要是不会妒忌，那该有多好。

14

夏薇又去买了一条金鱼。她提着金鱼去唱片店找韩坡。

“送给你的！”她把金鱼拎到他面前。

“泡眼金鱼？”他接过那个透明胶袋，里面那条金鱼正在转弯，两边水泡看起来好像不太对称。

“你养过金鱼吗？”

“小时候养过。”

然后，她漫不经心地说：

“李瑶打电话给我，说前几天碰到你。她说看看什么时候我们三个人一起吃顿饭。”

“哦，好的。”他说。

“不知道她会不会带顾青来呢？我还没见过他。他们在英国认识，他是剑桥毕业的。”

她偷偷瞄了瞄韩坡，他的神情没什么特别。

看见他脸上没有反应，她望着那条泡眼金鱼说：“它很容易养的。”接着，她又问：“李瑶的唱片卖得好吗？”

“还不错。”

“那便好了！一定要她请吃饭！”她一边帮韩坡整理唱片一边说。

“你家里有鱼缸吗？”她忽然问。

韩坡摇了摇头。

“我真是的！我该送你一个。”

“我待会儿去买。”

“我去买好了，反正我没事做。”

她走了出去，在水族馆挑了一个跟她家里那个一模一样的大肚鱼缸和一些饲料。她抱着鱼缸，欢快地穿过渐深的暮色。想到把一个生命放在韩坡身边，是意味着什么的，她盈盈地笑了。

15

李瑶和顾青去看了一场电影。电影不怎么样，但是配乐很出色。

散场的时候，李瑶圈着顾青的臂弯，走在夜色里。

“如果我也能够写出这种音乐，真是太好了！”李瑶向往地说。

“我看过你妈妈公司去年的账目。”顾青说。

“怎么样？”她紧张地问。

“负债的比率太高了。”

“我劝劝她吧！”

“有没有想过卖出去？”

“不行，这是她的生命！”

“我明白。”他笑笑说，“她是个艺术家。”

“那我呢？”

“艺术家的女儿当然也是个艺术家，都很可怕！”

“可怕？”

“太追求完美。”

“你不追求完美的吗？我以为你是追求完美所以才会喜欢我的啊！”她的头搁在他的肩膀上，笑了起来。

“我们做银行的，都很俗气。”

“你才不是！”

停了一会儿，她说：

“我可以怎样帮韩坡？”

“你是说以前跟你一起学琴的那个男孩子？”

“其实他算是我的师弟啊！我比他早一年跟老师学琴的。”

“你赢了不是你的错。”

“可是，他因此而放弃了钢琴！你没听过他弹琴，他弹得比我好。以他的才华，是不需要这么浪荡的。”

“好了，我们现在去什么地方庆祝？”顾青忽然说。

李瑶愣了愣：“庆祝什么？”

他神秘地笑笑：“你将会为一出广告片配乐。”

“真的？”她难以置信地望着他，“你为什么不告诉我？”

“合约是黄昏时刚刚签好的。你负责配乐，喔，当然了，还要麻烦你当女主角！”

“是什么产品？”

“卫生棉。”

李瑶显然有点失望。

顾青看了看她，咯咯地笑。

“卫生棉也很好啊！不过帮卫生棉配乐就比较伤脑筋！”她皱起鼻子说。

“是手表！”顾青终于说。

他又补充说：

“而且制作费很高。”

她戳了戳他的脸：

“你好可恶啊！”

他捉住她的手，一边走一边说：

“酬劳不是太高，但这是个好机会。我知道没有钱你也会做，如果因为不满意那个酬劳而帮你推掉的话，你会恨我一辈子。”

“你谈了很久吗？”她问。

“一个月了！我跟林孟如说好不要告诉你的。其实，酬劳也算不错的了，跟我心中的数字相去不远。”

“你是怎样做到的？”

“这是我的谋生伎俩，否则我怎么念财务？我不是艺术家，我只要有限度的完美。”

夜已深了，李瑶拥抱自己的幸福时，不免想到韩坡。去英国之前，她问韩坡会不会来送机，他说不来了。那天在机场，她一直等一直等，希望他最后会出现，他始终没有来。妈妈催她上机，她回头看了许多次，知道他不会来了。

飞机爬到半空，在群星之上高高飞翔的时候，她问妈妈：

“韩坡为什么不来？”

傅芳仪微笑说：“他心里不好受。”

去了伦敦之后，她写了很多信鼓励他继续学琴，韩坡一封也没回。此刻，她忽然明白，她的鼓励，是一种炫耀。虽然她用意并非如此，但她终究是不自觉地炫耀了自己的幸福。

走过一家意大利家具店的时候，她看到玻璃门旁边有个圆柱形的鱼缸，在昏暗的夜色中闪闪发亮。鱼缸里面养了很多条泡眼金鱼。她的鼻子贴着玻璃，定定地看着其中一条泡眼金鱼。韩坡看到她那些信时，大概也会气成这个样子吧？两只眼睛都长出了沉甸甸的气泡。

她赢了不是她的错，但是那些信是多么笨拙和残忍？亏她还以为那是出于友情而写的。

16

签好合约之后，顾青和林孟如一起离开律师行。

“你打算什么时候告诉李瑶？”林孟如问。

“我约了她今天晚上看电影。”他说。

“从没见过有人这样谈合约的，本来是人家占上风，到头来变成是你占上风。下次我想加薪的时候,一定请你当我的经纪人，帮我争取。”

“其实这个月来我也胆颤心惊。”

“他们喜欢李瑶的形象。这个广告对她的事业很有帮助。”

“她最需要的是你,还有胡桑。”他诚恳地说,“我能为她做的，比不上你们。”

“你知道吗？”林孟如忽然说，“当她说要带个人来跟我谈出唱片的事，我是有点防备的，后来见到你，你清楚知道什么是对她好的，你很理性。”

他笑了:“因为我不是个艺术家。”

“艺术家我认识许多,真的没几个是理性的！”她摇头叹息。

道别的时候，她问：

“为什么你会帮她接这个手表广告？起初的时候，另一个护肤品广告提出的条件似乎更好一些。”

“她是个音乐家，这个广告能让她有更大的发挥。”

“我同意。”

把林孟如送上车之后，他走了一段路去买电影戏票。为这出好莱坞电影配乐的，是大师级人马，他知道李瑶会喜欢。

接下那个手表广告，因为对方舍得花钱去制作。而且，手表是他和李瑶的故事。相逢那天，各自抽到的表壳和表带，就像一个线团，把他们紧紧地牵在一起。手表，是时间永恒的见证，在他们之间尤其意味深长。因此，在和广告商角力的过程里，他多么害怕输掉？直到赢了之后，他才敢告诉她。

17

夜晚慢慢地降临，林孟如靠在床上，摇了个电话给胡桑。

“李瑶的唱片做得很好，谢谢你。”

“那即是说，我没有被开除，她下一张唱片还是会由我来做？”胡桑在电话那一头笑笑说。

她对着话筒笑了。

她从来不曾怀疑自己的眼光。她把胡桑从她的爱情生活里开除，但没有把他从她的人生里开除。他们之间有一种属于灵魂的东西，就像一颗流星虽然已经燃尽，却还有一种亮光在闪耀。寂寞的时候，她会想念从前的日子，惊觉时光的匆匆。可是，每一次，她会告诉自己，她已经不爱他了，她怀念的只是当时的自己。她感动的，是有一个男人曾经那样宝贝过她。胡桑不是惟一和她睡过的男人，但却是惟一一个她希望第二天醒来看到他就睡在身旁的男人。那个时候，她以为幸福也不过如此。

18

他们三个终于约了这天见面。李瑶拿主意选了薄扶林道一家叫“铜烟囱”的小餐馆，夏绿萍以前带他们去过。第一次去的时候，夏绿萍跟他们讲了一个故事。

“你们知道附近有个龙虎山吗？”夏绿萍幽幽地说。

李瑶、韩坡和夏薇一边用叉卷意大利面一边定定地望着夏绿萍。

“龙虎山发生过一宗很骇人的双尸案，二十多年前的事了，是情杀！一对情侣被人杀死了，吊在树上。”

他们三个吓得魂飞魄散。

“人死了之后是去哪里的？”后来，韩坡问。

“妈妈说是天堂。”李瑶说。

“天堂在哪里？”夏绿萍问。

“在姆明谷？”韩坡说。

夏绿萍几乎把嘴里的面条都喷了出来。姆明谷是《姆明童话》里，姆明一族住的那个海湾。

“天堂是一组失落了的音符。”夏绿萍若有所思地说。

19

十数年了，他们又回到“铜烟囱”来。眼睛怀抱的，记忆会随之抚触。这里似乎遗忘了时间的流逝，一切如旧，连那张红格子桌布也跟从前一样。

李瑶先到，一个人啜饮着柠檬水，然后是夏薇，她也要了一杯柠檬水。

“老师留给韩坡的东西，你有没有带来？”她问。

“哦，我前几天经过唱片店时已经交了给他。”

“是什么来的？”

“好像是本书。”

“唱片店的生意好吗？”

“还不错，但他是帮朋友打理的，那个人还有大概半年便回来。”

“改天我也要去唱片店看看。”

“你千万别去！那儿人很挤的，而且那个商场人流复杂，有很多卖色情小电影的店，听说都是黑社会经营的。”

听到夏薇这样说，李瑶反而更想去看看。她想知道韩坡在个什么样的地方生存。

20

“你们知道龙虎山就在附近吗？”韩坡刚坐下来的时候，便故弄玄虚地说。

“龙虎山发生过一宗很骇人的双尸案，是情杀！”李瑶朝夏薇笑了笑，然后转问韩坡，“对吗？”

“你还记得？”

“老师当时说得很可怕呢！怎会忘记？况且那天还有个人说天堂在姆明谷。”

韩坡窘困地笑了。

李瑶打开菜单，说：

“我们吃些什么？”

结果，他们同样点了那里最有名的罗宋汤和牛舌肉意大利面。美好的味道几乎没有改变，把三个长大了的孩子送回去童年一段幸福的时光。他们谈了许多事情。她把带去的一大袋旧唱片交给韩坡。

“反正这些唱片我很久没听了。”

韩坡翻出来看了看，说：

“都是些好唱片，有些已经绝版了，能卖很好的价钱。这些唱片你舍得卖吗？”

她是故意把一些绝版唱片挑出来给他的。

“我家里已经放不下了。你不要给我钱，请我们吃饭好了！”她说。

过了一会，她又问：

“你朋友回来之后，你有什么打算？”

“到时候再想吧！或者再去什么地方。”他耸耸肩，一副毫不在乎的样子。

“没想过留下来吗？”夏薇补了一句。

“我习惯了四处去，哪里都一样。”他说。

她心里想，熟土旧地跟遥远的天涯，到底是不一样的。初到伦敦的日子，每天艰苦的练习令她流过不少眼泪，一双臂膀累得梦里都会发酸。那个时候，她多么想家？那个时候，她才知道什么是乡愁。

爸爸妈妈离婚之后，她常常怀念从前那个幸福的家，这又是另一种乡愁。十多年了，她终于习惯下来，忘记了乡愁。后来遇上顾青，她对他一见钟情，觉得自己好像早就跟他认识了，这难道不也是一种乡愁？

所有的渴求，原来都是乡愁。就像望月常常跟她说，故乡的面条是最好的，在异乡孤寂的夜晚，她多么渴望直奔东京，吃一碗最平常的拉面，就心满意足了。拉面只是形式，乡愁才是内容。内容注入了形式，化为对一碗面的向往。有一天，我们会不顾一切奔向朝夕渴望的东西，投向那个属于故乡的怀抱。

乡愁是心底的呼唤，她不相信有人是没有乡愁的。

放在面前的一盘牛舌肉意大利面，也曾经是她的乡愁，在重聚的时刻，唤回了童年往事。

21

所以，当她看到韩坡在面条上倒番茄酱时，她禁不住笑了。

他握住瓶底，瓶口朝下，迅速地甩动瓶子，像画圆圈似的，在快要触到盘子时又停下。于是，本来塞在里面的番茄酱很轻易地就甩了出来。

也许他忘了，这种倒番茄酱的方法，是她教的。有一次，在这里吃同样的面，韩坡猛拍瓶底，怎也倒不出番茄酱，于是，她站起来，很神气地给他示范了一次。

这是妈妈教她的。

妈妈说，那是她年少时恋慕的一个男生教她的。那天，为了亲近他，她请他去吃西餐。吃意大利面时，她蹩脚地倒不出番茄酱，他教她这个方法。

数十年了，妈妈没有再见过那个很会甩番茄酱的男生。他的一些东西，却永远留在她身上。

她想象，将来韩坡会把这个倒番茄酱的方法教给自己的孩子。她也会传授给自己的孩子。然后，大家都忘记了这种方法是谁发明的。

人生是个多么奇妙的过程。

她拿起瓶子，很熟练地甩出一点番茄酱。

22

他不会忘记，这种倒番茄酱的方法是李瑶教他的。

有一年冬夜，他人在阿姆斯特丹一家中国餐馆里，身上的钱仅仅够吃一盘炒饭。那盘炒饭一点味道都没有，他看到桌子上有一瓶番茄酱，像发现了救星似的，他把番茄酱甩在饭里。就在那一瞬间，他想起了李瑶，想起了童年和遥远的家，想起了钢琴。

那盘炒饭，他几乎是和着泪水一起吃的。

曾几何时，李瑶是他的乡愁。

23

夏薇带着沉甸甸的提包出去，又带着沉甸甸的提包回来。离开“铜烟囱”的时候，韩坡想要帮她拎提包，她连忙抢了过来说：

“我自己拿就可以了。”

她把提包里的旧唱片全都倒在床上，这些唱片，她本来是带去给韩坡的，有好几张，她甚至从来不肯借给别人。可是，看到李瑶首先把自己的旧唱片送给韩坡，她忽然没勇气把自己那些拿出来。

这是一场品味的较量，好害怕输给李瑶。

她把唱片一张一张放回去抽屉。然后，她站了起来，走进厨房，打开壁橱，找出一个蓝色的盘子，这是她上陶艺班时做的，上面手绘了星星和月亮，是她最喜欢的一个盘子。接着，她打开冰箱，把里面的一瓶番茄酱拿出来，旋开盖子，握住瓶底，像韩坡和李瑶那样甩番茄酱。可是，她的圆圈画得太大了，番茄酱泼到墙壁上。

整个晚上，她都在用一条湿毛巾擦掉墙上的番茄酱。

妒忌带着濡湿的獠牙，像只吸血鬼似的，想要吸干她的血。直到睡眠慢慢而无奈地漂来，她扔下手里的毛巾，爬到床上，听一张她原本想要送给韩坡的唱片，在歌声里想念他。

24

韩坡在唱盘上换了一张又一张唱片，长夜悠悠，音乐在他那狭小的公寓里流曳，他的耳朵沉醉地倾听着，就像也重温了李瑶听这些唱片的时光。

每一张唱片上，都有她的指纹和气息。这些旧歌，都是她喜欢的，有些已经十几年了。她当时过着怎样的生活？是什么样的心情？他不免浮想联翩。

夜已深了，她和她的音乐盘踞在他心头。

第四乐章 | 面具

快乐的时间是短促的，

等待的时间是漫长的，

一切会随着情境而有了自己的速度。

1

李瑶后来还是去了唱片店。

在那个拥挤的商场里，她远远站着，看到韩坡在那家仅仅容得下几个人的店里，站在柜台后面。他一边吃饭一边收钱。一枚零钱掉到地上，他弯下身去，找了很久。

她突然感到一阵难过。这真的是他所选择的生活吗？这种生活太委屈他了。以前那个韩坡呢？以前为了练琴可以废寝忘餐，弹不好一首歌便怎样也不服气的韩坡到哪里去了？

就在这个时候，韩坡发现了她。他们默默无言地对望着。

“你来这里干什么？这里不适合你来的。”韩坡走到店外面说。

“我在附近经过，所以来看看。我那些旧唱片卖得好吗？”她笑笑问。

“哦，很好。”他说。

“那么，你要请我吃饭喽！”

“现在就去。”他匆匆关上门，带她离开那个地方。

2

他们去了附近一家小饭馆。她告诉韩坡，她将要拍一条手表广告片，并且负责写主题曲和配乐。他们谈了许多关于时间的话题。

“如果时光可以倒流，你想回去几岁的时候？”她问。

“我没想过。你呢？”

“十一岁。回去十一岁那年，我会阻止爸爸妈妈离婚。我以为你会想回去八岁呢！那就可以再弹一次《离别曲》。”

“我从来不后悔的。”他说。

“真的没做过一件后悔的事情？”

“倒是有一件。”他说。

3

那时，他刚到巴黎，身上的钱差不多花光了，又找不到工作，每天只能吃几个面包充饥。一天，他的朋友小胖问他有没有兴趣赚点钱。

“怎么赚？”他问。

“有个女人想要生孩子，她想要中国人的精子，但她嫌我长得丑。”

他吓得张大了嘴巴。

“酬劳不错的。”小胖说。

“是直接还是间接？”

“当然是间接！你真想得美！她想要人工受孕。”

他没想过自己要沦落到在巴黎卖精子，但他已经没有其他办法了。

那个女人要求跟他见面。韩坡依约来到一家中国餐馆。看到那个女人的时候，他很意外。她是个法非混血儿，长得很美，约莫三十五岁。她以前爱过一个中国人,他是她一生最爱的男人。后来，他在一宗攀山意外中粉身碎骨。许多年了，她忘不了他。当青春差不多开到荼蘼的时候，她想到要怀一个有中国血统的孩子，在下半辈子陪在她身边。但是孩子必须长得像他，所以，孩子的爸爸也要长得像那个已经死去而她仍然深深爱着的男人。

韩坡长得有点像他，一瞬间，她改变了主意，说：

“我们不如直接来吧！”

他吓得连忙从那家餐馆逃出来，吃了一半的一盘炒米粉也只得留在里面。

两个月后，他在街上又碰到那个女人。这一次，两个孤单的人走在一起。他跟她说,他不想要孩子,她答应了。四个月后，骤来的爱情也骤然消逝。他没有再见过她。

可是，有时候他会担心，她会不会怀了他的孩子？那么，他便可能有一个中、法、非混血的孩子，再加上他爸爸的祖先好像是有一点维吾尔族血统的，那就是汉、法、非、维吾尔族混血的。他真怕有天有个混了四种血的小孩叫他爸爸。

4

李瑶几乎笑出了眼泪。

“这就是你最后悔的事情？”

韩坡腼腆地笑了。

“你喜欢现在的工作吗？”她问。

“很好啊！非常自由！”

停了一会儿，她问：

“你有什么梦想？”

“梦想是愚蠢的。”他说，“我没有梦想。”

他的声音听起来是那样毋庸置疑。她无奈地笑了笑，没有再问下去。再问下去，就显得她的愚蠢了，就像她以前写给他的那些信，用意虽然是好的，内容却笨拙得可以。

5

走出小饭馆的时候，他们才发现天色忽然暗了许多，雨密密麻麻地横扫，途人仓皇地躲到楼底下避雨。

“糟糕了！我还要去唱片公司开会。”她说。

“我去买一把雨伞。”韩坡说。

“不用了，等一下就好了。”

“你等我。”他说。

她看到他走在浓浓的雨雾中。人们撑开伞遮住脑袋匆匆走着，圆拱形的伞篷互相碰撞，一下子，就不见了韩坡的踪影。

他回来的时候，带着一把苔藓绿的塑料雨伞，头发和衣服都湿了，就像刚刚从一池水里爬上来那样。

“你淋湿了。”她说。

“没关系。”

他撑着伞，帮她招了一辆出租车。道别的时候，他叮嘱她不要再到唱片店来，这种地方人流太复杂了。

车子开走的时候，车窗一片迷蒙，她看不清楚他，只看到一个依稀的人影站在雨的那边，留下了一段白茫茫的距离。

她曾经以为，时间是客观的流动，对每个人都是一样的，没有优待谁，也没有亏待谁。可是，就在这一刻，她发现时间是一种感知，对每个人也许都不尽相同。快乐的时间是短促的，等待的时间是漫长的，一切会随着情境而有了自己的速度。她和韩坡所过的时间或许是两支节奏不一样的歌，惟有童年那段时间是重叠的，而且永远凝结在记忆里，也因此弥足珍贵。在雨的那边的那边，有些东西超越了时间。

6

走进唱片公司的会议室时，李瑶兴奋地告诉顾青和林孟如："我有灵感了！"

他们奇怪地看着她。

"手表广告的歌！"她说。

"你看你！湿成这个样子！"林孟如拿了一条毛巾帮她抹头发。

"你去哪里了？"顾青说。

"你有没有听过一首叫《遗忘》的歌？"

一切皆成往事，但时光不会遗忘。

7

韩坡回到店里，把脚上那双湿淋淋的布鞋脱了下来，倒挂在柜台旁边。他嗅到自己皮肤上留下了雨水的味道，雨的味道在这狭小的空间里漫漾出来，尤其清晰。这是他的味道，还是也混杂了李瑶的味道？陪她等车的时候，他感到自己被丝丝长发撩拂，也闻到了她头发湿润的青草味，心里有片刻幸福的神往。

他真的没有梦想吗？那曾经有过的梦想就像一场横暴的雨，地上的芦苇翻飞，风吹过后，已无处寻觅。他早就学会了，生存比梦想重要，后者是他负担不起的奢侈。

夏绿萍的公寓附近，有个山坡，山坡下面有个雨水积成的水窝，日子久了，就养出了许多蝌蚪。有天黄昏，他和李瑶在那里捉蝌蚪，他们各自捉了满满的一袋。忽然下了一场滂沱大雨，他们慌忙爬上山坡，躲到楼底下避雨。他无意中发现地上有一根断开了的粉笔，他拾起来，在地上画了八十八个琴键。然后，他饰演左手，李瑶饰右手，两个人以四条腿代替双手，用脚合奏了肖邦的《雨滴》。湿淋淋的两个人又忘情地弹了许多支歌，天地间都成了淅淅沥沥的回响。

跳琴键的日子远了。时光流逝，那一幕，他从来不曾说与人听。在雨浪飘摇的那边，还长留着一行童稚的足迹。他思念那个雨声的年代；那时候，他有过梦想。

8

后来有一天晚上，他在公寓里接到李瑶打来的电话。

“韩坡吗？你等一下，不要挂线啊！”

然后，他听到电话那一头的琴声。

那支歌，竟然有着小饭馆外面那场雨的气息，竟有着童年山坡上那场雨的味道，就像一次蓦然回首的恍惚。

他看到了时间苍茫的颜色，听到了两场雨之间的欢愉与毁灭，时光细语呢喃轻抚，重又把他带回去那个雨声的年代。

她拿起话筒，说：

“是我帮广告片写的歌，你觉得怎样？”

他心都软了，充满想拥有她的嫉妒与悲哀。

9

终于，他在电视上看到那条广告片，在地下铁路轨的广告灯箱里见到了戴着那个手表的她，在报纸上读到那个广告的文案。所有这一切，都在说明：

时光不会遗忘。

有一次，电视播那条广告片的时候，他触了触屏幕上的她。

10

那阵子，疲劳淹没了她，一个夜里，她终于写好了那支歌。眼睛几乎睁不开了，她抖擞精神，摇了个电话给韩坡，弹一遍给他听。

“你觉得怎样？”她问。

“很动听！”然后，他笑了，“当年输给你，也是合理的！”

音乐是时间的沉淀，她决定了，要用她的音乐来鼓励韩坡，而不是用笨拙的言语。

11

夏薇特别偏爱小二班的一个男生，他有一撮头发像猪尾那样鬈曲，皮肤白皙，眼珠子黑溜溜的，笑的时候显得特别明亮，忧郁的时候，那双眼睛又变得可怜巴巴，脑子里不知道想些什么。他长得有点像韩坡，还会弹琴。夏薇喜欢在他脸上捏一把，喜欢偶尔用手指去卷他头上那条小猪尾，喜欢在班上拿他开个玩笑。看到他两颊都红了，羞答答的样子，她就大乐。

他当然不可能是韩坡的儿子。夏薇也见过一只长得很像韩坡的小狗，是只金毛寻回犬，可爱得让人心都软了。也许，当一个人喜欢另一个人的时候，无论看到什么东西，看到的都是他那张脸。

她常常去唱片店，去帮帮忙或拣些唱片回家听。她从来没有在店里见过李瑶上次送给韩坡的唱片，她也没问。有时候，她会做些曲奇带去跟韩坡一块吃。她也找过借口去他的公寓看看，她说是想去看看那条泡眼金鱼，然后，她在电唱机旁边看到李瑶那些唱片。

她也学会了怎样甩番茄酱，但从来没有在他面前做出来。

学校里教体育的小吴有点喜欢她，常常特别照顾她。小吴人很开朗健康，爱穿白色运动衣裤。一天，阳光很好，夏薇靠在走廊的栏杆上晒太阳，正在下面操场上体育课的小吴看到了她，大概很想在她面前表现一下，于是，他示范了很多个前空翻、后空翻和侧手翻，还有一字马和掌上压。当他表演倒立的时候，夏薇悄悄地走开了。她就是不能够忍受男人穿白色贴身运动裤。

12

小吴不是她的类型，她也不是小吴的类型。小吴看的都很表面，没有人了解真正的她，连韩坡也不知道她拥有一台摩托车。

那是一台意大利制的小绵羊，车身喷上铜绿色。她把车停在停车场，用一个布袋把它罩着，并不常开。

她的驾驶执照是两年前考的，一次就合格。她爱穿着花衬衣和七分长的净色裤子，踏一双平底鞋，束起头发，戴上头盔，开她那台小绵羊在高速公路上飞驰。

有时候，她会遇上一些开大型车的男司机，他们故意将车子逼近她的小绵羊，假装几乎要压倒她，然后调低车窗朝她吹口哨，说些挑逗的话。每一次，她都凭着灵巧的身手在千钧一发之际化险为夷，或者还以颜色。

那是她最私密的时光，是她最真实和奔放的自我。

她家里的人，血液里大抵都有一点野性。爸爸告诉她，姑母年轻时是个不羁的女子，有很多情人。当她在台上弹琴的时候，谁又看得出来？

她是仰慕姑母的，她曾经偷偷拿了姑母的雪茄，学她那样跷起一条腿吐烟圈。只是，夏绿萍就像其他人一样，误以为她是个平凡娇弱的孩子，总是把她忽略了。

13

近来，她爱摸黑骑着小绵羊出去，直奔韩坡的公寓。她在外面绕几个圈，停下来抬头看看他家里那扇窗，看到灯亮了，知道他在家里，她才心满意足地驰上高速公路，回去自己的窝。

有天晚上，唱片店关门之后，她和韩坡去吃饭。两个人聊得晚了，韩坡送她回家。在进去公寓之前，她回头跟他挥手道别，假装上楼去，然后马上跑去停车场，拉开布袋，骑她的小绵羊出去，沿途跟在韩坡坐的那辆出租车后面。

直到把他送回去公寓了，她才又披星戴月离开。

她像女黑侠，日间是个不起眼的小学教师，夜里浑身是胆。星夜出动，不是行侠仗义或劫富济贫，而是护送她心爱的人回家去。

她爱看赛车和拳赛，喜欢古代简单的故事。如果现在是古代，那么，她便可以把韩坡捆绑起来作为爱的对象，无须他俯允。她还可以跟李瑶一决高下，比武或者赛车，韩坡将属于她们之中胜出的那个。

每个女人心中，大抵都有一个被压抑了的自我，等待释放。她唯在夜间释放自己。无法释放的，是她对一个男人无边无际的恋慕。

14

一天，在韩坡的唱片店里，一只蚊子在她皮肤上咬出了一颗红斑。同一只蚊子，接着又咬了韩坡。吃得太饱的蚊子，愈飞愈慢，韩坡正想打它，夏薇连忙阻止。

“由得它吧！”她说。

韩坡以为她是个爱心泛滥的娇弱女孩，而其实，她只是感激那只偶尔飞来的蚊子。它同时吸了她和韩坡的血，他们的血，在它体内结合了。将来的将来，这只蚊子的孙子的孙子，都有一个吸过她和韩坡的血的奶奶的奶奶。想到这里，她沉醉地笑了。以后见到蚊子，都有了一种特别的亲切感。

15

为了避免孤军作战的寂寞，最好的方法，便是在自己恋慕的对象周围建立起大岁地网。夏薇跟徐幸玉小时候是见过面的，长大后在韩坡的唱片店里又碰面，话题自然就多了，说着说着，才知道徐幸玉有个旧同学正是夏薇的同事，那人就是小吴。

夏薇于是把那天小吴表演翻筋斗和一字马的事又说了一遍，徐幸玉笑得倒在夏薇身上，说：

“除了这些，他人很好。那时我们班的运动会金牌，都是靠他赢回来的。”

“但我就是不能够忍受他的白色贴身运动裤。”

徐幸玉哈哈笑了：

“他那时是不少女生的白马王子呢！”

夏薇笑了，心里想，这个世界有多么不公平呢？一个女人的王子，也许是另一个女人的青蛙。

16

徐幸玉正在热恋，这是韩坡也不知道的。

“你们是怎么认识的？”夏薇问。

她幸福地笑了：“是上他的课时认识的。之前已经听过他的名字，他是外科的明日之星。他带过我们进去手术室看他做手术，他真的很棒！”

然后，她陶醉地说：

“当你看到一个男人在手术台上君临一切，你是很难不爱上他的。”

停了一会儿，她又说：

“可是我不知道他喜欢我什么。我们看起来好像是两个不同类型的人。”

“每个人心底或许都有另一个自我。”夏薇说。她最了解这一点。

“嗯，他私底下是个很沉默的人，不像平日在别人面前那么风趣幽默。有时候，我觉得不了解他。”徐幸玉苦恼地笑了笑。

17

那天在小饭馆里，李瑶问韩坡，他夜里都做些什么。他笑笑而没有回答。

“不能告诉我的吗？”

“我会去一个地方。”他说。

“什么地方？”

“不适合你去的。”

“有什么地方是我不适合去的？”

“你会带给我麻烦的。”

没想到这样反而引起李瑶的好奇心。

“你以前会带我一起去探险的。怎么啦？现在我就不能去？”

他低头笑了笑，那是一次糟糕的探险。沿着夏绿萍的公寓走下去，也就是他以前住的公寓附近，有一幢荒废了许多年的古老大屋，据说是因为闹鬼，所以一直卖不出去。那天，他们决定去看看。

他们爬过大屋外面生锈的栅栏，穿过花园，然后从一面破窗子钻进去。偌大的屋子里，铺满了从外面飞进来的落叶，除此以外，什么也没有。他们每走一步，脚底下的地板都嘎吱嘎吱地响，李瑶躲在他后面，害怕得把脸埋在他的肩头。他们沿着楼梯走上二楼，惊讶地发现那儿有一台白色的三角琴，虽然上面铺满了落叶，还栖息着两只乌鸦，但那台钢琴，一看就知道是好货色。一瞬间，他们忘记了害怕，兴奋地走上去，扫走琴盖上的树叶。乌鸦受惊，扑扑翅膀飞了出去。

他和李瑶并肩坐在钢琴前面，正准备用它弹一支歌，可是，当他弹 Do、Re、Mi 时，琴声却响出 Do、Si、La 的声音。这台钢琴长年失修，不曾调律，Re 音的弦松弛，变得比 Do 还低。

他们本来期盼着美丽的琴韵，突然听到这种不成调的古怪的声音时，都笑了起来。他和李瑶最后还是用它弹了肖邦的《小狗圆舞曲》，那变成他弹过的、最奇异的一支肖邦。

直到离开了那幢大屋，他们才想起，会不会不是钢琴走调，而是有个鬼魂在作怪？他们吓得魂飞魄散，不敢再去。

“现在跟从前不一样了。”他说，“你的手表广告到处都可以见到。”

“原来你怕别人认出我的样子！”

“除非你戴面具。”他随便说说。

她愣了愣：“面具？”

“算了吧！你不会肯的！”

“好啊！”她说。

他拿她没办法，只好答应。

“你会戴什么面具？”

“到时候你便知道。”她说。

18

于是，那个晚上，李瑶戴着一张《歌剧魅影》的面具坐在看台上。韩坡跟几个在附近上学的大学生在球场上打篮球。每个礼拜有几天，他会来这里，一个人投篮或者打比赛，累了，才回公寓去。

这天晚上，球场上的人难免对一个戴着《歌剧魅影》面具的女人投以奇异的目光，韩坡只好告诉他们，她是他的朋友，她患上一种非常罕有的害羞症，很怕面对陌生人，所以，在人多的地方，她会戴面具。

人们陆续离开了球场，剩下韩坡和李瑶。

“你打篮球很棒啊！”她说。

他看了看自己的一双大手，说：

“我的手够大，不用来弹琴，正好用来打篮球。”

“老师以前就说过你有一双很适合弹琴的手。”

“现在不行了。”他回答说。

“可是，你刚才投篮的节奏很好，就像我们小时跳琴键那样。”

他哈哈地笑了，望了望她，说：

“你为什么还不把面具脱下来？”

“喔，我都忘了。太投入角色啦！”她一边说一边把面具翻到脑后。

那张戴过面具的脸，两颊红通通的，额前发丝飘扬，鬓边凝结了几颗汗珠。就在这一刻，韩坡才发现，回忆是不朽的，是对时间的一种叛逆。李瑶好像长大了，而她那张脸，她的许多神情和小动作，还是跟从前一样，几乎不曾改变。

他见过她凌乱的头发。那年，是比赛前的一个月，他住在夏绿萍家里。有一个晚上，李瑶也来了，并且得到她妈妈的允许，可以跟他们一起过夜。

半夜里，夏绿萍睡了，他们偷偷溜到客房去。李瑶用长发遮着脸，拿着手电筒照着下巴，伸长了舌头，扮鬼吓唬他，但他一点也不怕，还拨开她的头发。因为头一次可以一起过夜，他们实在太兴奋了，两个人都舍不得睡，趴在床上聊天。聊些什么，他已经完全记不起来了，只记得他们后来睡在一块，她就睡在他旁边，他几乎听到她的呼吸。他偷偷握住她的小手，幸福地滑进睡眠。

如今，那双小手已经长大了，以数不清的年月隔开了他。

他抓起脚边的篮球，走到球场上投篮去了。自我怀疑和自知之明无情地折磨着他，他想让自己轻松，结果却变成了轻佻。

“我以为你会成为钢琴家的，没想到你喜欢当歌星。当歌星有什么好？”他回头朝她说。

他万万想不到这句话伤害了她。她眼里有泪光浮动，终于没有流出来。但他不能原谅自己，说出去的话，就像出笼的鸟儿，追不回来了。

他破坏了一个原本美好的晚上，就是因为他那个脆弱的自我。

19

李瑶在自己的公寓里赤着脚弹琴。她喜欢赤脚碰到踏板那种最真实的感觉，穿了鞋子，是隔了一重的，就像戴了手套弹琴那样。可惜，一旦在台上表演，便没法赤着脚。所以，她养出了一个奇怪的习惯，就是穿芭蕾舞鞋。只有那样薄和柔软的鞋底，才几乎接近赤足的感觉。从前在学校里，同学都叫她“那个穿芭蕾舞鞋弹琴的中国女孩”。

这个习惯，连夏绿萍也无法要她纠正过来。也许，夏绿萍觉得无所谓，才没有要她改正。老师从来就是个洒脱的人。

李瑶喜欢赤脚的感觉，她在家里都不穿鞋子。第一次在顾青伦敦的公寓里过夜时，她赤脚在地板上走来走去，然后走上床。他在床上惨叫：

“天啊！你不洗脚就跳上床！”

她还故意用脚掌揩他的脸。

她喜欢用赤裸的双手和双脚，以及赤裸的心灵去抚触每一个音符，去感受身边的一切。顾青不一样，他会对自己的裸体感到羞怯，虽然他拥有一副完美的肩膀。他所受的教养使他相信肉体或多或少是一种罪恶，在不适当的时候裸露是过分的。即使只有两个人在家里，他洗澡时还是会把门锁上，她却喜欢把门打开。

20

她还有一样事情令顾青吃惊：她会翻筋斗。

那年，他们在伦敦的湖区度假。她的心情好极了，从那幢白色小屋的起居室一直翻筋斗翻到卧室，最后喘着气停在顾青面前，双颊都红了，头发竖了起来。

顾青傻了眼，问：

“你怎会翻筋斗的？”

“我就是会！”她扬了扬眉毛，神气地说。

“以后不要这样了，会受伤的！”他说。

从此以后，她再没有在他面前翻筋斗。

她从小就会翻筋斗。为了弹钢琴，许多事情都不能做，翻筋斗也许会弄伤手，所以她不敢告诉爸爸妈妈，只会偷偷在自己的房间里翻筋斗。

童年时有一次，韩坡到她家里玩。她带他进去她的卧室，把门关上，要他站在门后面。然后，她在他面前表演翻筋斗。翻到最后一个筋斗的时候，她灵巧地用脚扳下墙上一个灯掣。

房间里一盏灯亮了，韩坡看得目瞪口呆。

她把一只手指放在唇边，说：

“不要告诉别人！”

他点了点头，答应替她守秘密。

接着，她告诉韩坡，她曾经想过要加入马戏班，做个表演空中走钢索的女飞人，或者在马戏班里弹钢琴：他们都需要音乐。

她是个独生女，孤独的时候，会幻想许多奇异的事情，马戏班是她童年最丰富、也最疯狂的幻想。

“我跟你一块去。”那时候，韩坡说。

韩坡是她童年最好的友伴。她常常抱怨没有兄弟姊妹，可是，韩坡是个孤儿，她的抱怨就显得太奢侈了。她总是特别亲他，这种友伴的爱帮助她找到了自己，也让她学会了爱。

“等你再长大一些，我们便去。”当时，她回答说。

21

准备毕业演奏会的那阵子，她的心情很紧张。一天，她进去琴房一个钟头之后出来，望月觉得奇怪，问她：

“为什么听不见琴声？你在里面睡着了么？”

她没碰过那台钢琴，她在里面翻筋斗。

快乐的时候，她的筋斗比较流丽，是四肢愉快的歌咏。不快乐的时候，翻筋斗是为了平衡内心的情绪。有时候，这个发泄的方法甚至比音乐更原始和有力量一些。

也许，当她年老，齿摇发落，无力再翻筋斗了，她会怀念这些秘密时光。

许多年后，她终于发现，她像她妈妈，内心有只蠢动的兔子，既向往安全，也向往冒险。钢琴是安全的，筋斗是冒险的。可是，只要能翻几个筋斗，就能够退回到她的童年去，所有的喜怒哀乐都变得简单，人生也没那么多矛盾要去克服和面对。

她赤脚离开了那台钢琴，在公寓里翻筋斗。老旧的木地板随着她身体每一次着地而发出清脆的回响，是一种她熟悉、也让她放松的声音，平复了她混乱的思绪。

这几天以来，她总是想着韩坡。他那天的话刺痛了她，然而，她很快就在他那张汗津津的脸上看到了懊恼和抱歉。儿时的一段回忆，是他们永远共存和共享的时光。他们曾经谱过一支共同历史的牧歌。他是她的友伴，这种感情不曾改变。

就在这个时候，韩坡的电话打了进来。

“那天晚上，很对不起。”他窘困地说。

“我也曾梦想过有天成为钢琴家的。”她说。

“你现在很好。”

“我还不够好，还差很远很远。”

“跟我比，便是很好了。”

“你比我有天分，只是你放着不用。”

停了一会儿，他问：

“你还有兴趣来看篮球吗？”

“是不是仍然要戴面具？”

他在电话那一头笑了。

22

于是，隔天晚上，人们又看到“歌剧魅影”出现在看台上。几个小孩子围在李瑶身边，很好奇这个戴着恐怖面具的是什么人。李瑶忙着为韩坡打气，他正在场上比赛。

最后，他那一队胜出了。

他走上看台，坐在她旁边，笑笑问：

“你为什么喜欢戴《歌剧魅影》的面具？看起来很吓人！”

“你不觉得很酷吗？”她抬了抬下巴说，“这张面具是我去年在伦敦看这部歌剧时买的。”

她把面具摘了下来，放在旁边，说：

“你有去过伦敦吗？”

他摇了摇头。

“巴黎跟伦敦这么近，你也不去看看？”

他耸耸肩，没答腔。他怎么可能告诉李瑶，他不去，因为知道她在那里，在那咫尺天涯。

“我本来准备要去德国深造的。”她说，“但我回来了，要帮我妈妈还债，时装店的生意不是太好。”

他愣了愣，更懊悔自己那天的鲁莽。

“可是——”她说，“即使能够去德国，我也没有可能成为一流的钢琴家。在伦敦的时候，我就知道这个事实。刚到英国时，我以为自己很棒，但是，我很快就发现，能够到英国皇家音乐学院去的，在自己的国家里，有谁不是第一名？我永远不会是最出色的！那时，我觉得自己很伟大，为了妈妈而放弃梦想，可是，我或许只是想替自己找个借口罢了！”她看了看自己双手，说，“知道它不是第一名，多么难受！”

“第二名又有什么不好？”他安慰她。

她忽然笑了：“没想到你会这样说！我还以为你只喜欢第一名。”

“哦，不，我只是不喜欢输。”

她粲然地笑了，站起来，脱掉脚上的鞋子，走到球场上，说：“想要看看我表演吗？”

话刚说完，她在球场上翻了好几个漂亮的侧手翻，从左边翻到右边，又从右边翻到左边，最后，流丽地回到原来的位置。

他戴上那个《歌剧魅影》的面具，说：

“没想到你还有翻筋斗。”

“我一直都有练习的。”

“但是，你没去马戏班。”

“谁说不会有这一天？也许，有天我会加盟‘索拉奇艺坊’，跟大伙儿浪迹天涯！”

她说着说着又翻了个筋斗。那些筋斗，一直翻到他心头。

他躲在“歌剧魅影”后面,嗅闻着残留在这张面具上的、她的气息,甚至碰触到她嘴唇曾经碰触的地方。

她一翻筋斗，他便完了。

23

“表哥，还是不要买了。”徐幸玉说。

“就是啊！这里的衣服太贵了！”夏薇说。

这天，韩坡把她们两个带来傅芳仪的时装店，坚持要送她们一些衣服。

“我在学校根本不用穿这么漂亮的衣服。”徐幸玉说。

“女孩子总得要有一两件漂亮的衣服充撑场面！快去拣一些。”他说。

“我真的用不着。”

“毕业礼也要穿得好吧？人一生才一次！”

“我还没毕业！”

“我上班也不用穿得这么漂亮，这里有些衣服是我一个月的薪水。”夏薇说。

“女孩子要装扮一下才会吸引男人的！”

然后，他把她们两个推了过去，说：

“尽量买！衣服、皮包、鞋子，都买一些吧！我都没送过礼物给你们。”

最后，徐幸玉和夏薇各自拣了一条很便宜的颈巾。

“只有颈巾？”他不满意。

“是这里最便宜的了！”夏薇小声说。

结果，他帮她们每人挑了一些衣服和鞋子。

付账的时候，夏薇悄悄说：

“这家时装店是李瑶妈妈开的，跟她说一声，说不定可以打折。”

“对啊！或者可以打五折。不过，打了五折也还是很贵。”徐幸玉说。

“别那么小家子气。”他掏出一大沓钞票付钱。

明知道这是杯水车薪，帮不了李瑶，他还是很想出一点力。她知道了，一定会说他傻。

爱情是一场瘟疫，把他杀个片甲不留。

24

顾青近来有好多次听李瑶提起韩坡。他不知道韩坡长什么样子，也不知道他是个怎样的人。他只知道，韩坡和李瑶有过一段青梅竹马的日子，她觉得他的际遇应该可以比现在好。

每次听李瑶提起韩坡，他会有一点儿妒忌。然而，他很快就告诉自己，妒忌是没有自信和不信任的表现。从小到大，他没怎么妒忌过别人。可是，男人或许都会暗暗地跟另一个男人较量。他知道，在此一时刻，他还是远远比韩坡优胜，这使他很放心，也不介意李瑶提起他。

他只是遗憾没能和她有一个共享的童年。当你深深爱着一个人的时候，你对她的童年难免有了一种怀旧，好想知道你爱的那个人会不会在过去某个时空与你做过相同的事情，又或者，她到底是怎样长大的？又是怎样来到你面前的？我们都带着自己的历史与另一个人相爱，但他从来没有这么热切地爱过另一个人的历史。

最近有一次，他跟顾雅吃饭。顾雅取笑他：

“你都忙着做李瑶的事。”

他笑笑说:“你千万别这样说，给爸爸听到了，以为我在银行里白支薪水便不好了。”

“爸爸妈妈都喜欢她啊！那天她来我们家里吃饭时便看得出来，只是妈妈有点担心。”

“担心什么？”

“李瑶毕竟是在娱乐圈工作。而且，她正忙着为自己的事业奋斗，不知道会不会有时间照顾你。妈妈就是这样啊！还以为女人该为男人牺牲。那是几十年前的事了。”

“其实也没说谁照顾谁的。”

“就是啊！只不过将孤军作战变成相依为命，然后或许也还是孤军作战。”她脸上一抹忧郁。

顾雅从小就是个比较悲观的孩子。一家人开开心心的时候，她会突然走开，自己躲起来。爱情如果没有一点悲剧的成分，她是不会满意的。

但顾青向往的，是团圆。

25

这个星期以来，韩坡都是吃面包充饥，仿佛退回去他刚到巴黎那段穷困的日子。他储下来的，准备再去什么地方的旅费，一下子就在傅芳仪的时装店里花光了。

现在，他窝在自己的公寓里，一边啃白面包一边翻那本《自由与命运》。流浪是他的选择，归来又何尝不是？他从没想过会重遇李瑶，在此时、此地。他更没想过深深埋在记忆里的依恋几乎一发不可收拾。

他是否能为她做些什么？她希望他能进取一点。她口里没说，但他看得出来。

他从不为任何人做任何事情，惟独她是例外的。他突然不想再去任何一个地方，只希望能够留在她身边。

于是，那天，他问夏薇：

“你家里有钢琴吗？”

“有啊！”她说。

“我可以去你家里弹琴吗？”

她愣住了：

“你想再弹琴？”

26

那天晚上，他来到夏薇的公寓。她的公寓是个套间，起居室跟卧室只是用一个衣橱来分隔．那台直立式的雅马哈钢琴靠在墙边，旁边有一张短沙发和一张小小的圆餐桌。餐桌上，放着个大肚鱼缸，里面养了一条泡眼金鱼。

夏薇走到钢琴旁边，说：“你现在就要弹吗？”

“哦，好的。”他有点难为情。

“你想弹哪支歌？”她在琴椅下面拿出几本琴谱。

“都可以。”他说。

她替他掀开了琴盖。

他坐到那台钢琴前面。十六年了，他难以相信自己再一次想到要弹琴。他的十指关节已经变粗了，对钢琴也日久生疏了。他完全不知道要弹些什么，也不知道怎样开始。

“你多久没弹琴了？”夏薇问。

“太久了。”

“没关系，我们可以重头开始。”她微笑着说。

“现在从头开始，会不会太老？”他尴尬地说。

“别人可能太老，你永远不会。”

他的手毫无把握地放在琴键上，叮叮咚咚地弹了几个音阶。他没碰钢琴，似乎已经有三十年那么长。时光冲散了一切，冲散了他曾经以为永不会忘记的音符。就像散落了一地的钮扣，他要一颗一颗重新拾起来。他突然感到很丧气。

最后，他弹了一遍《遗忘》，以为那是至死也不会忘怀的一首歌，他却只弹了一半，余下的都不记得。

这些年来，他逃避了钢琴，钢琴也逃避了他。

27

那天在时装店里，韩坡为她挑了一件白色的丝衬衣、一条黑色缎面的伞裙、一双红色漆皮尖头细跟鞋和一个黑色的小皮包。她一直舍不得穿，挂在衣橱里，每天拿出来看看。

他说："女孩子要装扮一下才可以吸引男人。"他的意思可会是想她装扮一下？

夜里，她穿上那套衣服，踩着那双红鞋，久久地凝视着镜子中的自己，又摆了几个自认为最迷人的姿势，想象有天穿上这身衣服去跟韩坡约会。

可是，他为什么送她衣服呢，而且还要到傅芳仪的时装店去？这和李瑶有什么关系？

她很快明白了一个凄凉的现实：无论她多么不愿意，李瑶还是挤在她和韩坡之间。

28

有天晚上，她又骑着她的小绵羊出发去看韩坡。她看到他从公寓里走出来，手上拎着个篮球，到附近的球场去。她悄悄地跟在他后面。

令她诧异的是，球场看台上有个戴着《歌剧魅影》面具的长发女人，似乎是他的朋友。

当那个女人把面具翻过去，她惊讶地发现，那是李瑶。

她听不见他们谈些什么，只见到她离去的时候有些怏怏。

她戴着头盔，蹲在地上假装修理她的小绵羊，因此，韩坡走过她身边的时候，没有发觉她。

29

一天，她在唱片店里帮忙，韩坡忽然问她家里有没有钢琴，然后提出想要到她家里弹琴。她强装镇定，脉搏却像兔子乱跳。

那个晚上，她努力地擦地板、洗浴室，把她那间狭小的公寓收拾得很整齐，迎接他第二天的到来。她还准备了一些曲奇。

他来了，坐在那台钢琴前面，一副毫无把握的样子。他已经太久没弹琴了，一支《遗忘》只弹了一半。

钢琴是一头野兽，你无法驯服它，便会反过来被它驾驭。她永不会忘记那个弹肖邦的韩坡。看到他沮丧的样子，她忽然埋怨自己那台用了许多年的雅马哈钢琴。韩坡需要的，是一台他曾经爱过、也爱过他、愿意被他驯服的钢琴。

30

夏绿萍死后把那台施坦威钢琴留给她。可是，那台钢琴太大了，放在她的公寓里的话，她就只剩下个睡觉的地方。所以，那台三角琴一直存放在货仓里。

这天，她找人把钢琴从货仓里拿出来，又把她那台雅马哈，还有沙发和餐桌都拿走，腾出空间来放那台施坦威。它是台庞然巨物，住进去她的公寓之后，泡眼金鱼也要迁到床边去。她又买了一把椅子代替沙发。

虽然整间公寓的比例都好像失衡了，但是，想到韩坡能够再次用这台施坦威钢琴，她缩在一张椅子上吃饭又算得上什么？

31

她的努力没有白费。隔天，韩坡来到她的公寓，看到那台施坦威钢琴的时候，呆了一会儿。

她站在钢琴旁边，说：“我想，还是这一台比较适合你。”

他感激地朝她微笑。

“哦，还有！”她把琴谱放在钢琴上。她帮他找到了《遗忘》的曲谱。

他轻轻地抚触琴键。虽然那个弹肖邦的韩坡还没有回来，但是，往事已经对他微笑。

她在旁边帮他翻谱。她做梦也没想过，有天会由她来教韩坡弹琴。琴声在她那间失衡了的公寓里回荡，瞬间平衡了一切。

她几乎能够猜到他为了谁而再一次弹琴。可是，只要能够待在他身边，他为谁而弹已经不重要。只有当他离开了她的公寓，她的欢愉也化为寂寥，心不由自主地发酸。她希望他一直弹一直弹，永远不要离开。

32

他轻轻地抚触这台他睽违了十六年的施坦威，失落了的节拍像往事一样，清晰地重现。他跟他儿时的挚友团聚，感动得双手也微微颤抖。他弹了一个音阶，那一下回响是如此惊人地遥远而又亲近，唤回了一个琴声飘荡的年代。

初遇和重逢，他都对它弹了《遗忘》，它顺从地在他指尖下一诉别离情。

夜里，他在枕头里压出了一个窝，手和肩膀都累垮了。

第五乐章 | 一枚铜板

他这些年来一直逃避和
抛在后面的一种生活，
才是属于他的。
远在生活的那边，
有一种感情在召唤他。

1

破晓时分，徐幸玉在杜青林身边悠悠醒来。昨天晚上，她在他的宿舍里过夜。现在，她爬起床，走进浴室刷了牙，朝镜子捏了捏自己的脸，使她看上去绯红绯红的，然后又回到床上。杜青林还在熟睡，睡得像个孩子似的，她趴在他身旁，忍不住啄吻他，像小鸟啄食那样。他醒转过来，啄她的脖子，她嬉笑着滑进被窝里，想要躲开。他们常常玩这个游戏，像两只啄木鸟一样，互相啄吻。

所有情侣，都有他们之间的游戏。他们可以把恋爱的一些细节说与人听，女孩子甚至可以和闺中密友分享她跟男朋友做爱的快乐，惟独两个人之间那个私密的游戏，是很难去跟第三者分享的。

她忘了是谁首先啄谁的，大概是有一次，在杜青林的宿舍里，他们从一部鸟类纪录片中看到一只啄木鸟非常认真地啄一棵树。然后，杜青林啄了她，她也啄了杜青林。

“我要上课了。”徐幸玉爬到床边找衣服，杜青林抓住她的脚踝，重又把她拉回被窝里去，啄她的耳朵。

2

昨天晚上，徐幸玉穿了韩坡送给她的一条细肩带杏色雪纺碎花连身裙，换了一副隐形眼镜去跟杜青林吃饭。她从来没穿过这么昂贵和性感的衣服，但是那天，韩坡和夏薇都说她穿得好看，她便想着要穿给杜青林看。

杜青林从头到脚打量了她一遍，赞叹地说：

“你今天很漂亮！这条裙子是什么时候买的？”

“是表哥送给我的。”

“你表哥为什么会送衣服给你？”他的语气中露出嫉妒。

“表哥对我很好的。”她说。

他们一起三个月多一点了，她从来没有见过杜青林妒忌。想到自己竟然能够引起他的嫉妒，她心头一阵愉悦。

她对杜青林的爱近乎崇拜。他很少说话，两个人一起的时候，反而好像是她滔滔不绝。她不了解这个男人，因为不了解，她更爱他，也嫉妒他过去的女人。

她听过不少关于他的风言风语，都说他以前有很多女朋友，跟医院里几个护士和医生都交往过。这些历史，她因为害怕自己妒忌而从来不敢问，他也从来不说。

杜青林的父母在他很小的时候就分开了，他是由外婆带大的。当他沉默不语的时候，她几乎能够从他脸上看到那些孤单成长的岁月痕迹。她痛惜他的童年，因此也更痛惜此刻的他。周末或周日，她会带些妈妈炖的汤去给他，帮他收拾一下房间。

“我表哥是个孤儿，我们是一起长大的，他就像我哥哥一样。”她终究还是不忍心看着他妒忌。

他抚抚她的臂膀，说：

“要是你跟别人出去，别穿得这么性感。”

“不会的，我不会跟别人出去。”她向他保证。

回去宿舍的路上，他紧紧地握住她的手，在她耳边说了许多悄悄话。

假如说女人善于把爱情化为嫉妒，那么，男人也许就善于把嫉妒化为爱情。这个晚上，杜青林好像更爱她一些。他在床上温柔地抚摸她湿津津的身体，头埋在她的肚子里。她突然很想把他吃下去，让他和他的爱永驻在她身上、在他啄吻过的每一寸地方。

3

李瑶蜷缩在钢琴旁边的宽沙发上睡了一夜，一扇窗子打开了，曲谱散落在地上。顾青坐在她身边，摇了摇她。她缓缓醒过来，看到了他。

“你什么时候来的？”

“你整夜就睡在这里吗？”

“我写歌嘛！”

“快起来吧！我们要去送望月飞机。”

“让我再睡十五分钟吧。”

“没时间了。”

“十分钟？”她竖起十根手指。

“回来再睡吧！”他摇摇头。

“五分钟！”然后，她转过身去继续睡。

他把她拉了起来，帮她穿上拖鞋，说：“飞机飞走了！”

她无可奈何地坐起来，撅着嘴，斜眼盯着他。

“哦，别这样看我，是你要我来接你的。”他抚抚她的脸，说：

“快去洗脸吧！”

她站起来，走到钢琴旁边的时候，回头兴奋地说：

“我弹一段给你听好吗？我昨天写的。”

她站着弹了一段，转过头来想要问他觉得怎样。他背朝着她，正弯身收拾她散乱在地上的、在风里翻飞的曲谱。

4

望月今天要回德国去。她刚从德国回老家日本探亲，回程的时候，经过香港跟顾青和李瑶叙旧。

昨天晚上，他们三个人一起去吃中国菜。望月瘦了一圈。

“德国的日子真的不是人过的！我每天要花九个钟头练习。”望月说。

“我不知道有多么羡慕你呢！”李瑶说。

“可是，我还是比不上人家练六个钟头的，那里每个人都很厉害。”

“那就证明你也厉害！否则绝对进不去。”顾青笑笑说。

“真想留在日本不再离开，回家的感觉真好。”望月说。

望月来自一个大家族，他们家在银座一带有许多房地产，她三个哥哥都为家族工作。他们对她却有另一种期望，期望她成为一流的钢琴家，衣锦还乡，为这个以房地产致富的家族戴上一顶艺术的皇冠。所以，她的压力一直很大。

背负着这种期待去生活和奋斗，望月表面上是个开朗的女孩，内心却很孤单。她和桶田的离离合合，或多或少也和这个有关系吧。她的压力和忧愁都发泄在最亲密的人身上。他爱她，但受不了她变幻无常的脾气。他们分手了三次，又三度复合。李瑶从来没见过两个人，相爱得如此之深，却又如此难以相容。

在去德国之前，望月跟桶田分手了。

“这次我们不会复合的了。一个在德国，一个在英国，不可能。”带着一抹苦涩的微笑，望月说。

她想起在伦敦无数个日子里，望月在她面前哭着说，不想再弹什么钢琴了，只想跟桶田结婚去。最后，她还是选择了钢琴。李瑶庆幸自己从来不用做这种抉择。

回家的路上，她把顾青的手握得更紧了一些。我们多少的幸福，是在别人失意的时候领悟到的?

“如果你想要去德国，还是可以去的。”顾青说。

“嗯？”她不解地望着他。

“等我储够了钱，可以陪你去深造。”

“你知道我不想用你的钱。”

“如果那是你的心愿，有什么关系呢？望月做得到的，你也做得到。”

“哦，她比我强得多。你也听过她弹琴，你没听出那种分别吗？”

“我还是喜欢听你弹琴，一直听到老也没关系。”

她怅然地发现，顾青根本不知道那种分别:那种她曾经嫉妒，最后却不得不承认的分别。望月比她技高一筹。

第一次听到望月弹《离别曲》的时候，她想起了韩坡。如果韩坡没有放弃钢琴，那么，也只有他可以胜过望月，替她赢回漂亮的一仗。

顾青不会明白，即使只是一点点的差别，也可以造成关山之遥。

5

李瑶又带了一些旧唱片给韩坡，有些是她自己的，有些是林孟如和胡桑的。

在小饭馆见面的时候，韩坡也带了一些新唱片给她。

“那我不是占了便宜吗？用旧唱片换新唱片。”她笑笑说。

“这些唱片，说不定能给你一些创作灵感。”

“哦，对了！”她从背包里拿出一沓曲谱，递给韩坡，“我写的新歌，你看看。”

韩坡仔细地看了一遍。

“怎么样？”

他难为情地说：

“为什么问我呢？我已经是个门外汉了。”

“因为我相信你喽！”

“这首歌不容易让人记住。”他说。

她恍然大悟：“对啊！我总是觉得有些什么地方不对劲，也许，我不是个作曲的人才。”

“技巧不是最重要的，重要的是人生的历练和后天的努力。即使是肖邦和莫扎特，还有贝多芬，他们最好的作品都是投身作曲之后十年才写出来的。”

她笑了：“你真好！你拿我跟他们相比！希望我不用等到耳朵聋了才写出最好的作品吧！”

“哦，也不一定要等到耳朵聋了。有个钢琴家是在女佣在他旁边用吸尘器吸尘的时候，突然灵感涌现的。吸尘器的噪音盖过琴音，反而使他更敏锐地聆听自己内在的感受。”

“你还说自己是个门外汉？”

“这些只是故事，我在纪录片上看到的。”

“你说的是古尔德，那个传说患上了一种罕有的自闭症、最后死于中风的加拿大钢琴家。他是个天才，也是怪人，一辈子都坐在一把他爸爸为他做的破椅子上面弹琴，弹琴的时候驼背，下巴几乎碰到琴键。”然后，她笑了，“如果我们的老师看到了，一定会用她那把尺狠狠地招呼他！”

韩坡咯咯地笑了：

“老师没招呼过我，她只是招呼你！”

“她偏心！”

“那部纪录片很感人！”他说。

“你想来看我录音吗？”她问。

她曾经以为，韩坡放弃了音乐，就在这一刻，她发现，有些东西是不会消逝的，只是被生活和挫败埋藏了。

6

韩坡站在控制室里，隔着一面厚玻璃，看到录音室里的李瑶。她穿着一条飘逸的绿色及膝碎花裙子，赤脚走在地毯上。看到他的时候，她挥挥手朝他微笑。

她还是改不掉这个喜欢赤脚弹琴的古怪习惯。那双小脚曾经踩在他的肩头上，爬过薄扶林道那幢鬼屋的栅栏，一下子就长这么大了。

李瑶坐到那台三角琴前面，全神贯注，准备录音。录音室里的一盏红灯亮了，她的手指在琴键上轻抚。上次给他看的那支歌，现在已经改写了一段，细语低回呢喃，就像儿时陪着我们进入梦乡的、那些在收音机里流转出来的老调，令人留恋地回想起已逝的时光，是几十年后也不会忘记的旋律。

他多少年没见过她弹琴了？上一次，是隔着教堂的一堵墙，隔着重逢的距离；此刻，她就在咫尺之遥，唤起了卑微心灵对往事的记忆。她流曳而下的披肩长发与身体轻摇于音韵之中，从指尖流泻的音乐萦绕在他心头，在那片穹苍深处，更深处，就像那双小脚再一次踩在他的肩头上，给了他一种幸福的重量。

“这支歌写得很好！她比我所想的还要好。”林孟如在他旁边说。

这个干练的女人是他们的师姐，在夏绿萍的葬礼上，因为一支《离别曲》而发掘了李瑶。如果不是她，李瑶走的又会是一条怎样的路？他们还会重逢吗？今夜，他会在这里，带着暖昧的喜悦听她倾心而歌吗？

有时候，他猜不透命运。假使命运安排他们相逢，她身边又何必要有另一个人？

7

已经晚了，韩坡离开录音室所在的大楼。就在楼下，他看到一个男人停好了车，从车上走下来，手里拎着一袋食物，嘴上带着一种准备给什么人一个意外惊喜的微笑，朝大楼走去。

两个人擦身而过的时候，韩坡看了看他，这个陌生人也下意识地朝他看了一眼。在目光相遇的短短片刻，他的心头一震。这个男人会不会就是顾青？

出于男人的竞争心，他企图在极短时间之内在这个陌生人身上找出一些缺点，却沮丧地发现，他一看就知道是个好人，身上还有一种高贵的气质。

也许他不是顾青，也许他是。一瞬间，这种想法盘踞在他心头。他突然意识到，自己是个在暗里的人，是浮不上面的。

一个女人驾着一台铜绿色的小绵羊在他身边驶过，扬起了灰尘。他不禁笑话自己，笑话这种爱。

8

带着一种无以名状的失意，他来到夏薇的小公寓。

她来开门的时候，脸上带着一抹惊讶的神情。

“是不是吵醒了你？”他抱歉地说。

“哦，我还没睡。”

“现在弹琴会不会太晚？”他问。

“不会。”她微笑着说。

无论有多少的失意，回到那台熟悉的钢琴前面，他找到了安慰。

长夜里，他既希望自己强大，也一次又一次希望自己回到弱小的童年，回到去鬼屋探险和水窝里捉蝌蚪的日子。他对李瑶的爱，像脑里一个肿瘤愈长愈大了，固执而霸道地盘踞在他的神经，他不知道怎样治愈它。在迷恋的痛楚里，惟有琴声是惟一的麻醉剂，给了他遗忘的安慰。

9

夏薇拉了一把椅子，坐在钢琴旁边，看着韩坡弹琴。

他突然的到来，吓了她一跳。她还以为他认出那个驾小绵羊的人是她。当他问:“吵醒了你吗？”她才宽了心。

今天晚上，她跟着他去到一栋大楼。他在里面逗留了几个钟头才出来。她坐在路边，背都累垮了，不知道那是个什么地方。

等到他走出来，她爬上车，在他身边驶过。她一直怕被他认出，然而，有那么一刻，她却想看看他能否把她认出来。

他终究还是不认得。她比他早一步回来，带着莫名的失落，趴在床边。忽然，他来了。靠着足够的自制力，她才没有伸出手去抚慰那张失意的脸。

现在，她靠在钢琴旁边，望着他，听着一个个音符在琴键上熄灭，燃起，重又熄灭，如同希望和绝望的交替浪潮曾经那样煎熬着她。

她悄悄地走进厨房，煮了一碗炖蛋，端到他面前，说：

“我睡不着的时候，都吃这个。”

看他吃着那碗晶莹嫩黄的炖蛋，她心中的月亮也浮上了湖面，映照着一个良夜、一条金鱼和两个各怀心事的人。

10

在医学院的课室里，徐幸玉呆呆地透过眼镜注视着窗外的远处。她上一次见杜青林，已经是许多天以前的事了。他对她好像忽然冷淡了许多，近来常常推说工作太忙，没时间跟她见面。每次她想去宿舍找他，他都说很累，叫她不要来。他的话本来就不多，现在更少了，而且心不在焉。

她不知道是不是自己做错了什么，又或者是有什么地方做得不够好，惹了他讨厌。同他一起的日子，她总是不知道怎样爱他才是对的。她迷失了自己，也迷失了他。她从没如此复杂而又诚惶诚恐地爱着一个人。她在他面前手无寸铁，惟有一片赤诚。只有一片赤诚，是多么地单薄和危险？

然后，她又安慰自己，别太过胡思乱想了，他真的只是太忙和太累。如果连这一点都不能体谅，她又有什么资格爱他？

可是，如果他是爱她的，即使多么忙、多么疲倦，也会渴望见她吧？为什么他好像从来不需要？他会不会已经爱上了别人？所以才不想她到宿舍去？

这些矛盾的想法煎熬着她，以致教授叫她的名字时，要旁边的同学撞了撞她的手肘，她才茫然地回过神来。

“徐小姐，你在吗？”老教授带着嘲笑的口吻说。

她眼角闪耀出一滴泪，难堪得抬不起头来。

11

夜里，她去按了杜青林宿舍的门铃。他睡眼惺忪地走来开门，看上去很疲倦。

“你为什么会来？”他皱起眉头说。

“我有功课想问你。”她怯怯地回答。

“现在？”

他让她进去。然后，他坐在床边，有点不耐烦地说：

“你想问些什么？”

她站在门后面，望着他，嘴唇在颤抖。她男朋友突然像个陌生人似的，对她的到来没有表现出一丝惊喜。可是，她同时又看见他的确是累成那个样子，她不由得责备自己的自私。为了证实他的爱，她竟然在夜里把他吵醒，而他可能已经几天没睡了。

“对不起，吵醒了你。”她结巴地说。

他没回答，坐在那里，像南极一样遥远。

她把身上那件大衣的钮扣一颗颗松开，褪到脚边。她里面什么也没穿。

他朝她抬起眼睛，惊讶地望着她。

她怀着如此羞怯的挚爱，把自己变成一个荡妇，裸露在他面前，任由发落。

他离开了床，来到她身边。

她的身体在哆嗦，凄凉地朝他微笑。

他抚摸她的面颊，怜惜地抬起她低着的下巴，好像是责怪她太傻了。

“我不会打搅你的，我只是想跟你待在一起。”她说。

她的裸体使他充满了激情，他把她抱到床榻，吻她身上那双他曾夸赞像个小山似的胸脯，一边解开自己裤子上的钮扣。

她抓住他的胳膊，问：

“你喜欢我这样吗？”

被情欲支配着的男人，用力地点了一下头。

“我可以穿成这样去跟别的男人约会吗？”她用一种放浪的语气说。

他好像被激怒了似的，用力地摇头，然后，啄她的唇。

她闭上眼睛，幸福地笑了，为自己能够再次激起他的妒忌而感到安全。

12

早上在杜青林身边醒过来的时候，她听到杜青林跟电话那一头的外婆聊天。他外婆最近在学电脑，杜青林帮她置了一台电脑，她迷上了电脑游戏。杜青林像哄小孩子似的，叮嘱她不要太晚睡觉，也别忘了每天吃血压药。她有血压高的毛病。

她趴在他的肩头，抚弄他的头发。那一刻，她多么渴望自己是他的外婆，或者成为他的孩子。那么，她便有权要求一种永无止尽的怀抱，惟有死亡才能够把他们隔绝。

在骨肉之情面前，爱情，突然显得多么地漂泊与寒伧?

她爬到他身上，像个无助的孩子似的，蜷缩在他的胸怀里，说不清地依恋。

他挂上了电话，说:

“我要上班去了！”

她朝他点了点头，脸却仍然抵住他的胸膛，心里隐隐地抱着一个希望，希望雨过天晴，一切又回复到从前一样。

离开宿舍房间的时候，她在大衣底下穿了杜青林通常穿来睡觉的一条墨绿色棉布短裤，把她的依恋，带在身边。

13

顾青从小就很仰慕他爸爸，但这种仰慕从来没有溢于言表，而是藏在心里。顾云刚是拿奖学金进剑桥医学院的。毕业之后，他没有回来香港当一个高高在上的医生，而是回去内地，在北京医学院里教书。那个时候，他只有几件衣服和一大堆书。他住在一间破屋里，每天踏单车上学，过的是几近清贫的生活。这种选择把他父亲气得半死，两父子有许多年没说过一句话。

然后有一天，他放下手术刀，响应内心的召唤，回到家族的银行，担起作为一个儿子的天职。他离开了北京医学院里一个志同道合的小姑娘，娶了个大家闺秀，生儿育女，履行人生的责任。三十多年后的今天，他成了个彻头彻尾的银行家，再也提不起手术刀了。

童年时，顾青跟爸爸很亲。爸爸会把他放在肩头，两父子在他们家那幢别墅后面的海滩上看日落。日已西沉，他显得扫兴的时候，爸爸说：

“明天的地平线会来看望我们。”

这种亲爱的父子情，随着他的长大和爸爸对他的期望而有了距离感。于是，他转向了母亲，深信那个怀抱更慈爱和无求一些。然而，他知道有一双眼睛一直在注视着他。

终于，他考上了剑桥。在伦敦，他选择了最朴素的生活，尽量不用家里的钱，甚至把自己流放在外面。这或多或少是对爸爸的叛逆，而同时也是对爸爸的致敬。他想成为像爸爸那样的男人，只是他从来不肯承认。

认识李瑶是幸运的，然而，与李瑶的相逢也成了他人生的转折点。为了李瑶，他放弃了流放的生活，回到他的家，回到他的责任和天职面前，回到爸爸的目光之下。

这天晚上，家里的女人都出去看歌剧了，《悲惨世界》正在上演。现在，只有他和爸爸两个人吃饭。

爸爸抬眼望了望他身上那件深蓝色呢绒的拉链外套，说：

“你这件外套都穿很多年了吧？”

“嗯，是的。”他回答说，“有八九年了。”

“当年我在北京的时候，一件大衣穿了十年，那是我去剑桥之前，你祖母送给我的。”顾云刚怀旧地提起往事。

然后，他又说：“多亏那件大衣，我才没有冻僵。那是一件用克什米尔山羊毛做衬里的大衣，是我当时唯一值钱的身家。”

顾青笑了。

“你像我。”顾云刚轻轻地说。

顾青突然觉得眼里有些湿润，爸爸的话振奋着他的灵魂。

能够像爸爸，是他一直期待的事情。可是，这句话也同时唤起了他心底的内疚。回来香港之后，他虽然在银行里工作，却没有全心全意去做，反而是借了一点方便去为李瑶做事。他甚至希望李瑶能去德国，那么，他便可以再一次把自己流放。

他从老花眼镜后面的那张脸，怵然发现光阴行进的痕迹，看到了自己这许多年的逃避是多么无情和怯懦。而爸爸却一直在等他。

然后，儿子夹了一片肉给爸爸。

“哦，谢谢。”顾云刚慈爱地说。

这么多年了，儿子还是头一次夹菜给爸爸。

14

隔天跟李瑶一起去看《悲惨世界》的时候，顾青有点心不在焉。李瑶太投入了，没有注意到。

离开歌剧院，走在回家的路上，李瑶兴奋地说：

“芳汀那首《我曾有梦》，我每一次听，都觉得感动。”

他朝李瑶笑了笑，一瞬间，他发现自己已经不记得这出歌剧的细节。他们在伦敦的时候，也去看过这出由雨果名著改编的歌剧，他现在突然没有印象了。

他曾经以为自己酷爱艺术，他也喜欢那样的自己。此刻，他猛然发现，艺术是另一个世界，是一种不同的生活、一种消遣。他这些年来一直逃避和抛在后面的一种生活，才是属于他的。远在生活的那边，有一种感情在召唤他。

15

夏薇买了两张《悲惨世界》的门票，邀了韩坡一道去看。

在漆黑的歌剧院里，她偷偷朝身旁的韩坡看了许多次。他是那样投入，并没有发觉有一个人在偷望他。

由于太兴奋了，那出歌剧的前半段，她都没法集中精神去看。直到艾潘妮出场，她的眼睛重又回到舞台上。可怜的艾潘妮暗恋革命英雄马吕斯，马吕斯并不知道。他爱的，是珂赛特。那夜，马吕斯托艾潘妮送信给珂赛特。艾潘妮在巴黎街头踽踽独行，唱了那首动人心弦的《形单影只》。当这个城市沉沉睡去，艾潘妮活在自己的幻想中，想象与马吕斯漫步到清晨，感觉到他双手环抱着她。然而，她也深知道这一切只是想象，马吕斯的眼睛已被蒙蔽。树木皆已枯萎，她逐渐明了，此生，她不过是在欺骗自己。她爱他，但这只是她的一相情愿。

听到艾潘妮的歌声时，夏薇的鼻子都酸了。艾潘妮就是她的写照吗？深知道一切只是想象，从无着落，她却仍然相信会有他俩的未来。

她太悲伤了，离开歌剧院的时候，一直没说话。韩坡以为她是被这出歌剧感动了，再一次相信她是个娇弱的女孩子。

16

在那座漆黑的歌剧院里，韩坡被艾潘妮感动了。看着爱情降临在马吕斯和珂赛特两个人的世界里，她只能苦苦恋着马吕斯。这种爱是如此幽深而又孤寂，以至她只能承认，那是自说自话，只是她自己的想法。没有她，马吕斯的世界依然运行不辍，他的世界仍然充满幸福，而幸福，是她永远无法了解的感觉。

离开歌剧院的时候，他想起了《歌剧魅影》。魅影何尝不是苦恋一个永无可能的人？讽刺的是，在现实生活里戴着那张魅影面具的，却是李瑶。

爱情就和艺术一样，都是孤独的追寻。

他感谢夏薇请他去看这出歌剧。当动人的音乐在他身边萦回，他突然意识到一个事实：那个曾经离弃他而又被他遗忘的世界，终究还是他所向往的，是他一部分的血肉。

17

在小饭馆见面的时候，李瑶把夏绿萍留给她的其中一枚十法郎的铜板送给韩坡。

“为什么给我十法郎？”他问。

“这是老师留给我的，总共有两个。她把书留给你，给了我这个。”

韩坡想起来了，那时李瑶弹琴的手势不正确，手腕动得太厉害，夏绿萍在她每边手腕上放一枚铜板，弹琴时不准她让铜板掉下来。

“没想到她一直留着，都二十年了。”李瑶说。

“是老师留给你的，为什么要送给我？”

“老师会了解的。”李瑶说。

就在看完《悲惨世界》的那个晚上，她从那个果汁糖罐里倒出其中一枚铜板，决定把它送给韩坡。她渴望能和他分享老师的期望，用那样的期望鼓舞他。

韩坡了解地朝她微笑，说：

“我那本《自由与命运》要不要也分一半给你？你要‘自由’还是要‘命运’？”

她笑了：“太深奥了，你两样都留着吧。”

18

徐幸玉是那么稚拙地相信，她已经扫走了她和杜青林之间的阴霾，日子又像从前一样。可是，她不明白，没有进步的感情就是退步。杜青林对她好像愈来愈客气，那种客气，只能属于一对即将要分手的情侣。许多次，她想问他是不是不再爱她了，可是她没勇气问。有些事情，一出口便会成为事实。不说出来，也许还有转回的余地。

昨天晚上，她躺在他身边睡着了，现在，他轻轻把她推醒，说：

“我要去看我外婆。”

“我跟你一起去好吗？我都没见过她。”

她很快就发现，这个提议不管怎样都是一个错误。杜青林根本没有意思带她回家。

“你回去看你爸爸妈妈吧，今天是星期天。”

“我少回去一次也没关系。”

她执拗地坚持一个错误，甚至不愿意把它收回去。结果，她马上受到重重的惩罚。

杜青林下了床，一边穿衣服一边说：

“我们分手吧。”

一瞬间，她的眼泪滔滔地涌出来。虽然她或多或少猜到他早晚会提出，但亲耳听到却又是另一回事。

“是不是发生了什么事？”她问。

“我不适合你。”

“你是不是爱上了别人？”

他摇了摇头。

“那为什么？”

他没有回答。

“你怎么啦？我求你，告诉我为什么！”

他没有回答，这个时候，他已经穿好衣服了。他把她搁在椅子上的衣服拿到床边给她，说：“回去吧！”

她抓住他的手，哭着说：

“我什么也不要求，只想跟你一起。”

“我要迟到了。”他说。

她爬到床边，抱住他的大腿，可怜地说：“你已经不爱我了么？我们昨天晚上还做爱！”

他好像软化了，坐下来，用手指擦着她淌满泪水的脸，说：

“我会打电话给你的。”

“不！不！不！”她用力地摇头，“你骗我的！”

“听话吧！”他说。

她盯着他眼睛的深处，很想相信他。

“你真的会打电话给我？”

他点了点头，把衣服往她身上套。

她不想离开，害怕只要走出这个门口，以后就回不来了。然而，他已经站在门后面等她了。

他第一次带她来这里的时候，也是站在门后面。那一刻，他腼腆地望着她，她羞怯地站在窗边，说：“这个地方很好，可以看到海呢！”

他笑笑说：“我回来就是睡觉，都没时间看。”

同样的一张脸，此刻却在同一个位置上，如此焦急地想把她送出去。动情时的温柔和无情时的决绝，都是那么真实。

19

她很快就知道是个谎言了。许多天了，杜青林没打过一通电话来。同学们都在图书馆里埋头苦读，为考试准备。只有她，蜷缩在宿舍的床上，等待一个回心转意的男人。

她已经两星期没回家了，她无法拖着一个卑微的身子回到父母面前。

许多个晚上，她拿起话筒，想听听他的声音，还没拨出一个号码，泪水已经溢满了她的眼眶。这种感觉是那样痛苦，她几乎不想活了。

终于，她鼓起勇气打了一通电话给他，埋怨他没有遵守承诺。她本来想好好控制自己的，她知道，她愈是发疯，他愈会远离她。可是，听到他久久的沉默之后，她却说出那样的话：

“你是骗子！”

这句话给了杜青林充分的理由把电话挂断。

终于她懂得了：她是斗不过这个男人的，并不是因为他比她强大，也不是因为他比她聪明，而是因为他不爱她。

第六乐章 | 离别之歌

透过琴声，
他回到了音乐的真实，
得以重访旧地，
重访当时年少的岁月，
重访以往生活的全部。
彼此离别后，多少次，
他的眼睛向往这一切。

1

那枚十法郎是一九七二年铸造的，一面刻有十法郎的字样，另一面是一个背上长着一双翅膀的自由神像，象征法国的自由。当天晚上，韩坡把铜板夹在他的书里。

这个铜板为他打开了一扇窗，一道弩箭重又射回他的胸膛，震动着他灵魂的弦线。在窗外的那边的那边，有个人早就在他神秘的幼小心灵生了根，要拔出来，已经不容易了。

2

后来有一天，当李瑶写好了一支歌，想要拿给他看的时候，他提议在“铜烟囱”见面。

“你是不是想念那儿的罗宋汤？”她在电话那一头问。

他暧昧地笑了笑。

3

不久之后，两个人已经坐在“铜烟囱”里面喝着罗宋汤了。韩坡看了李瑶写的歌。

“你觉得怎样？这是新一辑手表广告片的主题曲，关于离别的。离别之后，又会重逢。重逢的那支歌，我还没写。”

“写得很好啊！”他由衷地说。

“真的？我觉得还可以好一点的，尤其是最后一段。”

“已经写出离别的味道了，而且还有点《离别曲》的影子，不简单。”他微笑说。

她没好气地说：“你在笑我！除了肖邦，还有谁能够写出《离别曲》呢？《离别曲》是不朽的。”

“你记不记得这儿附近有一幢鬼屋？”他问。

“你是说有一台白色钢琴的那一幢？”

他点了点头。

“当然记得！那幢鬼屋应该已经拆卸重建了吧？”

“它还在那里，还是荒废 。”

她愣了愣：“都十几年了。”

“也许真的是闹鬼吧！”

“我才不相信世上有鬼！”

“你敢不敢去看看？”

“大白天，为什么不敢？现在就去吧！”她兴致勃勃地说，一边把曲谱放进背包里。

4

沿着韩坡小时住过的公寓往下走，经过一条无人的小路，他们看到了那幢废置了的大屋，孤伶伶地对着一片白茫茫的海。

这幢大屋曾经目睹过他们像胆小鬼一样地逃掉。十多年了，它变得更孤僻，更荒芜，成了历史的一部分，已经不能再老一点了。

李瑶再一次踩到韩坡的肩头上爬过那一排栅栏；只是，这一次，他们都长大了，无法从一只破窗子钻进去。韩坡带她由大门堂堂正正地走进去，那把锁已经坏掉多时。

大屋的地上，几只灰绿色的野鸟悠闲地散步，都不怕人。老旧的木地板像泡过水似的，浮了起来，每走一步，都嘎吱嘎吱地响，不是孤魂野鬼的哀哭，而是更像一个老去的女人对岁月叹息。那盏高高地垂吊下来，曾经绚烂地辉映过的巨型水晶吊灯上，栖息着几只麻雀，现在成了它们的窝巢。

“奇怪了！好像没有从前那么诡秘，甚至还很有味道呢！住在这里也不错。”李瑶说。

“要不要上去看看？”韩坡说。由于急切的期待，他的喉咙都绷紧了，只是李瑶没看出来。

然后，他们沿着破败的楼梯爬上二楼。

那台白色的三角琴依然留守在断井颓垣的一幢大屋里，像个久等了的情人。

李瑶推开了一扇窗，远处的海上，一艘帆船漂过。风吹进来，地上的树叶纷飞。

韩坡走到那台钢琴前面，掀开了琴盖。

李瑶回头朝他说：

“这台钢琴是走调的，你忘了吗？”

韩坡朝她笑了。然后，他坐在钢琴前面，手指温柔地抚触琴键。十六年了，十六年的岁月凝聚成一支他要为她唱的歌，一支他失落了的歌，一支她认为不朽的歌。这支歌曾经把他们隔绝了。在重聚的亮光里，他用一台不再走调的琴为她再一次抚爱离别之歌。

在这天降临之前，他偷偷带了一名调音师进来，装着是这幢大屋的主人，要他为钢琴调律。花了不少时间之后，年轻的调音师终于面露笑容，说：

“行了。”

然后，调音师抚抚钢琴，说：

“这是一台好东西。”

“它是的。”韩坡说。

这台属于别人的白色钢琴，在他童稚的回忆里的地位，仅仅次于老师那台施坦威。它倾听过他和李瑶的一支《小狗圆舞曲》，明日，它将会倾听他的一缕柔情。

他怀着战战兢兢的心情带李瑶回到这里，回到鬼屋探险和雨水窝里捉蝌蚪的岁月。他重又变回以前的韩坡，号令那台钢琴为他歌唱。相隔了十六年的光阴,他从记忆里把这支歌翻出来，练得手都酸了。十六年前，他为自己而弹。十六年后，他为李瑶而弹。十六年前，他失手了。十六年后，他轻轻抚过的琴键带他重返咿咿呀呀的童年。她出现在他面前，使他快乐。透过琴声，他回到了音乐的真实，得以重访旧地，重访当时年少的岁月，重访以往生活的全部。彼此离别后，多少次，他的眼睛向往这一切。他可以感受到自己的灵魂游向她。他对她的爱，像惊涛裂岸般不可阻挡，这种爱在他的血管里震颤，滋养着他心中曾经梦想和不能梦想的部分。这是一个灵魂私下的狂喜。

当最后一个音符在琴键上轻轻地消逝，他以不可测量的渴望朝她抬起头，期望她报以微笑，但她没有。

她站在那里，凝视着他，眼睛映照出一种震惊，不动，也无任何言语。然后，她往后退，再往后退，掉头跑了。

一瞬间，一切都变得悄然无声。他所有可怜的希望和他对她讨厌的爱，都被消减至无。就像十六年前那天一样，他的头发全湿了，一颗汗珠从他的额头滚下，缓缓流过眉毛和眼睑，凝在他的睫毛上，像一颗眼泪，朦胧了他的视线。他觉得眼里有些酸涩，低下头，闭上眼睛。他明白自己败北了。

5

差不多在同一个时候，外面翻起了一阵风，天色忽而暗了下来。徐幸玉带着一张属于她的、令人羞惭的成绩单离开课室，回到宿舍。

她把成绩单收在书桌的抽屉里，换了一套胸罩和内裤，穿上韩坡送给她的那条细肩带杏色碎花裙子，底下穿了杜青林那条墨绿色的短裤，出去了，忘记带一把伞。

6

她靠在杜青林宿舍房间外面的墙壁上缩成一团。直到傍晚，杜青林终于回来了，她像只濡湿的、虚弱的小狗，那双可怜的眼睛朝他抬起来。多少天了，她想他想得快要疯掉。

杜青林看见了她，没说一句话。

她站了起来，颤抖着声音说：

“我为我那天说过的话向你道歉。”

他没回答。

她毕竟年轻，缺乏经验，不知道怎样逾越他们之间沉默的屏障。

“你永远不想再见到我了，对吗？”她挨在门上，不让他过去。

“不要这样。”他仅仅说。

“我可以进去吗？我只要跟你待一会儿，说清楚我们之间的事。”她哀求。

他什么都没回答，一双无辜的眼睛盯着她，仿佛是恳求她给他一条生路。

带着一抹辛酸的微笑，她伸出一只消瘦了的手去抚摸他的脸，然后扑了上去，搂着他，疯狂地啄他的唇。她仅有的是每一寸都是爱的历史的一具肉体，这是她唯一也是最后的武器。

这一次，他没有啄她。

他拉开她抓住他胳膊的那双手，说：“你放手！”

“我不放开你！”她扯住他身上那件衬衣的袖子。

他把她推开。

“你不要我了吗？”她哀哭着说。

“你是不是疯了？这里是医院的宿舍！”

“我真是会发疯的！”她歇斯底里地哭叫。

“请你不要这样。”他低声重复一次，语气却是恼怒的。

“让我进去，否则，我也不让你进去！”她再一次把门拦住，胆怯却没有退路。

她恨他，恨他的爱如此短暂，仿佛不曾爱过她。给她勇气把门拦住的，是不知道该怎么办的绝望，以及想挽回一段爱情的一个希望。

他咬着唇，盯着她，神情看上去很可怕。

“我答应你，我什么也不要求。”她被泪水淹没了。

他却转过身去，头也不回地走了，不再看她一眼。

一切都完了，她最后的武器都不管用了，她的整个世界将坍成碎片。

7

“发生了什么事？”夏薇来开门的时候，被她吓了一跳。

“什么都完了。”她泪汪汪地说。

夏薇把她拉了进去，让她坐在钢琴旁边的一把椅子里。

“你今天见过他吗？”

“嗯。”

“他怎么说？”

“他几乎什么也没说。”

“我不是劝过你不要去找他的吗？”夏薇叹了一口气。

“可是我太想他了！”

夏薇去厨房倒了一杯白开水给她。

“这水太苦了。”她喝了一口说。她不知道是她的舌头没有了感觉，还是这杯水真的太苦。

“你要不要吃点东西？”

“我什么也吃不下。”

“你瘦了。”

“这水太苦了。”她又说。

“我换一杯汽水给你。”

“这里有酒吗？我想喝一点酒。”

夏薇点了点头，去厨房倒了一小杯白兰地给她。

“他不爱我了。”她把那杯酒倒进肚子里，嚎哭着说。

“这个世界不是只有杜青林一个男人的。”

“但他就是我整个世界。”她回答说。

“没有一个男人值得你为他这样痛苦。”

“我会做一件令他一辈子内疚的事，我要他永远忘不了我，永远不能在回忆里把我抹走！”

“别做这种傻事！”夏薇捏住她冰冷的手，说，“如果你有什么事，你爸爸妈妈会很伤心的，还有你表哥，他也会伤心。”

“到时候已经不重要了。”

她想过终结自己的生命，她是个准医生，知道如何去做。然而，她同时又想到找一个男人睡觉，用她那一具杜青林已经弃绝的、了无生气的肉体，横陈在一个她不爱的男人面前，向她深爱的那个男人报复。对了！肉体还能够成为她灭绝自己的一件武器。

“会过去的。”夏薇说。

“都过去了，他连碰都不想碰我。”

直到这一刻，她才发现自己多么不了解杜青林，她不知道他爱情的历史，不知道他的童年生活，不知道他是怎样长大的，甚至不知道他心里想些什么，为什么爱过她，又为什么不爱她了。她吃惊地发现，她对她所爱的男人一无所知，她和他之间，没有一线牵连，从今以后，也就各不相干。她不能忍受的，正是这种各不相干。

“你去睡一觉吧。”夏薇拿了一套睡衣给她。

“夏薇，你有烦恼吗？”

“每个人都有烦恼的。”

“你的烦恼是什么？”

“忘了他吧！”

夏薇坐在那台钢琴前面，回头朝她微笑：

“你表哥喜欢这支歌，听了会舒服一点的。”

随着琴声，夏薇缓缓地唱起一支曲子。

那杯白兰地在徐幸玉的胃里发生了作用，她已经失眠了许多个晚上，此刻，她想要睡觉去了。迷迷糊糊的时候，只是隐隐约约地听到几句歌词：

谁能将浮云化作双翼，
载我向遗忘的宫殿飞去？
有时我恨这颗心是活，
是会跳跃，是会痛苦；
但我又怕遗忘的宫殿哟，
就连痛苦亦付阙如。

她在睡衣下面仍然穿着杜青林的棉布短裤，那是如今唯一的牵连了。

“这酒太苦了。”她咕哝着。

8

家里根本没有酒，当徐幸玉想要喝酒的时候，夏薇想起壁橱里有一盒酒心巧克力，是小吴早阵子去瑞士旅行时带回来给她的手信。

她把一颗颗巧克力掰开，将里面的白兰地倒出来，勉强凑够了一小杯。接着，她自己吃了一颗，那既苦也甜的滋味是一种奇妙的融合，她有些迷醉，又有点想哭。

眼泪是会传染的。每次看到别人哭,她就会想哭。小三那年，她有一个要好的女同学小毛。一天，小毛为了家里的事哭得死去活来，她在旁边看着看着，也哭了起来，一双眼睛哭得比小毛还要肿胀。她们约好了第二天一起离家出走。

想起离家出走，她就觉得兴奋。假如她不见了，爸爸妈妈会想念她，后悔一直都偏心她姊姊夏盈。而她姑母，说不定也会对她另眼相看，眼里不会只有韩坡和李瑶。

第二天，她背着她钟爱的一只粉红色凯蒂猫背包在车站等小毛，小毛失约了。她孤伶伶地背着那只凯蒂猫回家，家里没有一个人知道她曾经出走。

她丰富的感情，常常被辜负了。

她几乎羡慕徐幸玉在爱情路上遇到了挫折，因为照她看来，爱情便意味着高难度，意味着百转千回，拒绝平凡。徐幸玉至少有这么一段爱的历史，有这么一种迷人的痛苦，而她却连向韩坡表白的勇气都没有。就像当年，她第二天回到学校之后，并没有质问小毛为什么失约，反而假装自己同样没有去车站，因为她害怕小毛以嘲笑的语调说：“你是当真的吗？”

她一生中一直向往一种复杂的爱、一种被快乐和痛苦同时照亮的爱。因此她对徐幸玉有了一种情意深切的休戚相关的感情。为了她的痛苦而觉得难过，好像她的痛苦也是她的痛苦一样。

她为她唱了《遗忘》。这支曲子，她同时也是为自己而唱。

若我不能遗忘，
这纤小躯体，
又怎载得起如许沉重忧伤？
人说爱情故事值得终身想念，
但是我呀，
只想把它遗忘。

可是，就在这一夜，她疯狂地想念她愈是要遗忘愈是遗忘不了的那个人。她不想再孤伶伶地背着一只凯蒂猫，回到她平淡的生活里。

9

韩坡离开了那幢大屋，回到他荒凉的公寓，带着他的挫败，在身边。

李瑶的逃跑，已经回答了他的问题。

不满足于一段美好的友谊，乃是他不聪明的地方。那支歌，还有那一场精心的安排，此刻都成了无可辩驳的证据，他没法解释那是出于友情而不是可笑的单思。

当他看到李瑶脸上哑然吃惊的神情，而不是他所期待的微笑和怀抱，他惨然地意识到，有些东西已经不可挽回地丧失。那是一条有去没回的爱路。

他再也不要弹《离别曲》了,无论是十六年前还是十六年后，肖邦都在愚弄他。

10

在她那台雅马哈钢琴旁边，李瑶的头埋在两个膝盖之间蜷缩成一团。太丢人了！她怎么能够掉头夹尾而逃？

当她听到《离别曲》的时候，她一下子惊呆了，这支曲子，穿过了多少岁月在回响？一刹那间，两个相隔遥远的时代突然相遇。它唤回来的往日，把她淹没了。一种她不敢正视的东西，隔着离别似的苍茫，悬浮在她和韩坡之间。

那台钢琴已经调过律了，她惊异地意识到，这是韩坡一场刻意的安排。正是知悉了这种安排，她才感到害怕。当她看见那双深情的眼睛朝她抬起来，她在那里读到了清澄爱恋，读到他抛出来的一个问题、一个期待的神情。

这是一个她不能回答的问题。远方的人，被时间和空间相隔，在记忆的亮光之下，成了我们魂牵梦萦的幻影，一旦他们逼近了，又是另一种境况。

而且，她身边已经有另一个人了，有一个承诺和亲爱深情以无限信任在守候她，远处有一双眼睛在看着她。她惟有逃离眼前的呼唤。

可是，她童年的挚友此刻会怎么想呢？假如说这是一个令人痛苦的误解，那么，纵容这种误解的，不是别人，正是她自己。阔别十六年，她再一次用她的天真笨拙和自以为是伤害了韩坡。

11

远处的雨声渐渐停歇了，窗外天空的星星开始重现。夏薇为徐幸玉盖好被子，徐幸玉愁肠百结地蜷曲着身子在枕上沉睡。能睡就好了，睡着了就能忘却，就能做梦，那里有幸福。

夏薇离开了床，脱下身上的睡裙，打开衣橱，拿了一套衣服出来换上。然后，她拉开最底下的一个抽屉，把一张面具拿出来，一张《歌剧魅影》的面具。

她静静地出去了，骑着她那台小绵羊，驰向这个城市的昏昏夜色，去梦她的梦。

12

戴着一张《歌剧魅影》的面具，夏薇来到韩坡的公寓。

韩坡打开门看到她的时候，愣住了片刻。

夏薇一句话也没说，走上去，搅着韩坡。这是她一生中最向往的怀抱。

他们默默无言地拥抱。他的下巴抵住她的头发，把她紧紧地抚抱在胸膛。这瞬间的爱使她的肉体充满了幸福的灵魂。如果能够永远待在这一刻,那有多好啊！可是,他揭开了她的面具。

13

韩坡不无震惊地望着她。夏薇朝他抬起那张一直藏在面具背后的脸，动人心弦地盯着他看，把一种欲望的目光投定于他。

他连忙松开了手，退后了。

“难道只有李瑶才值得你爱吗？”她摘下面具,泪眼婆娑地说。

韩坡没有回答，他完全不知道该怎么办，这是他从没预见的一个场景。

“李瑶已经有顾青，她拥有的已经太多了！太不公平了！”她伤心地说。

他不知道说些什么去安慰这个泪流满脸的女人。在无限柔情面前，他是如此辞穷。于是，一阵沉默横在两人之间，他们就这样对峙着，不是像两头野兽那样对峙，而是像两只伤痕斑斑的小动物，怯怯地对峙。最后，这种对峙变成了各自形影相吊。

“你说一句话吧！就说你不喜欢我，要我死心，即使是这样也好。”

在敞开的白色衣领上，那张泪湿的脸使他恻然心动，却无能为力。他为什么从来没有意识到这种处境？夏薇就是他自己，怀着深情挚爱默默地去爱一个人，经历愁苦、狂喜和挫败。那样的爱注定要变成赤贫。

“你太傻了！”终于，他难过地说。

“那么，你呢？你就不傻？”她回答说。

一阵鼻酸涌上喉头，他再没法说话了。

14

月光满地的时刻，李瑶下了车，走上韩坡的公寓。

她从来就无法在心里藏些什么，她不想等到明天才跟他道歉。她现在就想告诉他，他是她最好、最无可替代的朋友。

韩坡迟了一会儿才来开门，窘迫地看着她。然后，她看到夏薇在里面，满脸泪痕。两个女人吃惊地对望着。一瞬间，她明白发生了什么事情。

“对不起，打扰了你们。”她转过身去，离开那个房间。

她为什么没想过夏薇？这大半年来，夏薇避开她，不是因为忙碌，而是因为韩坡。韩坡回来的时候，夏薇没告诉她，不是因为忘记了，而是因为一个心结。这个心结有多久了？她无从察觉。他们彼此抚慰，她变成了第三者，来得太不是时候了。

韩坡追了出来，他们对望着，已经不知道说些什么了。

“我是来向你道歉的，你回去吧。”她微笑说。

然后，她伸手招了一辆出租车，再一次逃离他的视线。

回头看到那个颓唐的身影时，她哭了。她不知道这样的眼泪是出于难堪还是出于妒忌。

15

韩坡从外面回到他无爱的荒地。李瑶走了，夏薇也走了，只剩下他和一条金鱼。

看到李瑶站在门外的时候，他本来可以不开门的。他一生中有过不少女人，面对挚爱的时候，却变成个笨拙的孩子。

他回头告诉夏薇：“是李瑶。”

一道忧愁的目光投向他。

他终究还是把门打开。他舍不得让李瑶孤伶伶地站在外面。

他在两个女人之间，在如此荒唐地裸陈的感情之间，不知道可以说些什么来为自己辩护而又不伤害任何一个。这一趟，轮到他想逃走了。

然而，李瑶首先离开了。

爱情从来就不是他的长处，它的天堂和它的地狱，它的荣耀和它的耻辱，给了他狂喜的欢愉，也给了他毁灭的痛苦。

多少年了，他终于知道，唯一的天堂是童年，那是一种天生的醉梦，一觉醒来，便再也没法回到梦里去。

16

夏薇从韩坡的公寓出来，踏着悲哀的步子，走在人行道旁边和车流之间。她戴着的虽然是李瑶的面具，身上穿的却是韩坡那天为她挑的衣服：白色的丝衬衣、黑色缎面伞裙和一双红鞋。出于自尊和希冀，她为他留下一点线索、一种暗示，使他心里明白怀中的女人是谁，但他竟然看不出来。韩坡心里根本没有她。

夏薇找到了那台小绵羊。她把面具放在背包里，戴上头盔，驰向无边无际的夜，这便是她的归乡。

17

任何我们失落了的欲望，都会由我们完整无缺地保留在梦里。徐幸玉在陌生的床上做了一个梦。梦中，她躺在手术台上，一个穿着绿色手术袍、戴着面罩的医生走进来，她认出他是杜青林。他的眼睛朝她微笑，她想坐起来投进那个胸怀，可是，她背后有些东西把她往下拉。原来她长了一双巨大的、悲伤的翅膀，他们正是要把她的翅膀割下来。她竭力地挣扎，最后，她抱着杜青林，拍翼高飞，穿过手术室，飞向这个城市的熠熠星光。

18

夜色深沉，夏薇骑着她那台小绵羊轻轻飞旋于这座城市。她如大梦初醒般地明白，我们对从来没有的东西百般思念，我们梦想某事恰恰因为我们不能拥有，她投向的那个怀抱其实从来就不曾有过。她爱的全部意义，不是韩坡，而是爱情。

这种爱是无舟野渡，是永难实现的欲望与渴念。在梦幻的深处，只有自怜的影子。

一辆大卡车向她压过来，车上那个男司机想要调戏一个在夜里开车的女孩子，她加速飞驰，想要摆脱这种烦人的骚扰。

那台小绵羊愈来愈轻了，越过高架路一个拐弯处的百米之遥，飞堕出去。她踏着悲伤和疲乏的脚步，从爱情的虚幻中下坠，下坠，突然感到冷，如风中的树枝般颤栗。她听到时间在飘落。在飘落的时间里、她俯瞰自己过往的生活，过往她享受其中的快乐和不快乐，在这一瞬间都粉碎了，然后消逝。她的白色衬衣上溅了一摊鲜红的血。

爱是一首支离破碎的乐曲，她重又听到韩坡的钢琴声，那支《离别曲》在她耳里回响，她知道这是为她的死亡准备的。

她看见了自己的终点。

19

夏薇在森森柏树的墓地里长眠，就在她姑母旁。她过完了上帝给她的短暂时光，不会再对从来没有的东西百般思念，也不会再梦想那不可企及的愉悦。世上有身体和欲望，尘世以外，这两样都不复存在，惟有天堂。死亡使无偿奉献的女人终于摆脱了她如此无助的依恋。

徐幸玉在深深的墓穴里撒下一把泥土，她全身因呜咽而颤抖，她不能理解，她年轻的朋友为什么会在那个晚上出去，回不来了。

20

韩坡没有到墓地去，他从来就不相信人死了之后，是躺在一口墓穴里的。

出自于一颗灵魂的暗暗哭泣，他怨恨自己，也气恼自己。他并不知道夏薇有一台小绵羊。离开录音室大楼的那个晚上，一个女人驾着一台小绵羊打他身边驶过，还有无数个晚上，他从公寓的窗子往下望，在球场外面，在回家的路上，都看到同样的一台铜绿色的小绵羊，而他竟然从来没有怀疑过。

他不能原谅自己把一个无辜的女孩送上了黄泉路。

第七乐章 | 命运

漫漫长路，

要待到哪一天，

我们才能够高举自己觉醒的光荣？

1

夏薇看到自己躺在手术台上，身上覆盖着厚厚的毛毯。一个医生俯下身对她说：

“我们会救活你的。”

她想叫他们放弃算了。她感到自己的脑袋胀得有如一个巨大的气球，轻飘飘的，下身却沉重得像绑了一堆石头。

她有点晕眩，这种晕眩把她送回去早已相逢的一个场景：穿着一只布鞋的韩坡，把她从污水池里拉了上来。她品尝着嘴里苦涩的余味，这种味道决定了他们重逢的调子。

她沉湎起背着一只凯蒂猫背包离开车站踽踽独行的时光。她爸爸妈妈，还有姊姊和姑母，其实都爱她。她向往再一次听到韩坡在她身边弹琴，《离别曲》的袅袅余音将伴她长埋黄土，那里有虫鸣。

她微笑，微笑留在她的嘴唇上。她觉得好疲倦，她的梦做累了。她听到医生宣布她的死亡，一条尸布盖在她身上，将头顶都遮没。她还想再看一眼人间烟火。

2

当天晚上，离开宿舍四个小时之后，杜青林回去了。看到徐幸玉不在那里，他松了一口气。他想念他的床，很想好好躺在上面睡一觉。他已经三十二个小时没睡了。

他在床上不知道睡了多久，护士打电话来，要他立刻到手术室去。一个交通意外的伤者重伤垂危，急症室刚刚把她送上外科部。

杜青林用冷水洗了把脸，匆匆换上衣服出去。

3

他俯下身，信心十足地跟病人说：

“我们会救活你的。”

手术台上的女人疲倦地眨眨眼睛，嘴里咕哝些什么，他没听见。她的头肿胀了，一张脸十分苍白，完全变了样。

护士说，她名叫夏薇，二十四岁，骑摩托失事从高架路上摔了下去。

杜青林拼命帮她的大脑止血，可是，两个钟头过去了，这一切都属徒劳。他颓然放下手术刀，宣布病人的死亡。

他望着手术台上的死者，她的脸开始发蓝。她是那么年轻，可惜在他手上失去了。一个年轻女人的死亡突然唤起了他心中对另一个同样年轻的女孩的怜悯。他摘下头上的帽子，黯然离开了手术室。

让病人从他手里活过来，是他生命中最大的荣誉和价值，然而，这个晚上，他失败了。他感到身子沉重了很多，心里疯狂地思念一个人。

回去宿舍的路上，他打了一通电话给外婆。深夜的电话让外婆觉得很意外，于是，他柔声说：“我只是看看你睡了没有。”

他不习惯思念一个女人。外婆是他的堡垒，因此，他的思念最后转投到养育他成人的女人那里。

他一直相信，爱一个人是不安全的，就像赤条条地躺在手术台上，裸露自己如同一具髑髅。他和女人的关系从来不会超过六个月，他害怕爱上一个女人的灵魂，也害怕她们爱上他的灵魂。因为，灵魂的爱便意味着依赖和共存，意味着承诺和付出，意味着为对方的快乐而快乐，痛苦而痛苦。他知道一个人有几根骨头和多少血肉，但灵魂的重量却无可估量。他受不了一个好女孩对他深深的怀恋，更受不了长相厮守的期待。他受不了灵魂之爱的沉重和荒谬。

4

夏绿萍留下些什么？

两个十法郎的铜板、一本罗洛·梅的《自由与命运》、一台施坦威钢琴、一种微笑的荒凉。

夏薇留下些什么?

一条泡眼金鱼、一台施坦威、一张《歌剧魅影》的面具。爱是千倍的寂寞。

肖邦留下些什么?

一支《离别曲》、不朽的音乐、贫困悲痛的一生、千秋万世名。

李瑶将留下些什么?

一段铭心刻骨的童年友情、一条表带、一张《歌剧魅影》的面具、一枚十法郎的铜板、她爱与被爱的每一个时刻、她翻过的那些筋斗。

韩坡将留下些什么?

他作为一个孩子千真万确的一刻、一段永不可驻的童年往事、一本《自由与命运》、一枚十法郎的铜板。

我们为何要深入去探究自身最遥远、最亲近、最孤单,也最危险的内陆?

我们竟然希冀留在他人的回忆里,相信天堂不在彼岸,而在此间。漫漫长路,要待到哪一天,我们才能够高举自己觉醒的光荣?

5

李瑶终究没有到墓地去。韩坡曾经告诉她，人死了，不是躺在一口墓穴里的。

夏薇死后，她常常想到他们三个人一起的日子。她以往为什么总是把夏薇从她童年的回忆中抹掉呢？她的童年，仿佛只有韩坡。她选择了自己的回忆。相同的一段时光，在韩坡、夏薇和她的生命里，也许都有不同的面貌，因期待而变了样。

那首为广告而写的离别之歌，她总是弹得不好，也唱得不好。已经两天了，她没离开过录音室。

“回去休息一下吧！”林孟如隔着控制室的一面厚玻璃跟她说。

她把头埋在手心里，什么也不肯听。

“要不要把顾青找来？”林孟如说。

“不，不要。”她朝林孟如抬起疲倦的眼睛说。

顾青什么也不知道，只知道她有一个朋友最近在交通意外中死去。她以前是什么都告诉他的。现在，他们之间有了秘密，而秘密是危险的。然而，她没说出来，不是出于内疚，而是出于想要保护顾青。她想把他留在他的纯真里，那里有快乐。

韩坡在那幢鬼屋里弹的《离别曲》，随着时间的逝去，在她灵魂的最深处，愈来愈清晰可闻了。那双她儿时曾经牵过的小手，已经变成一双温柔的大手，再一次为她抚爱离别的悲凉。她害怕离别。八岁那年离乡背井，初到伦敦的日子，她在无数个夜里呜呜地啜泣。无论她弹过多少遍离别之歌，她还是不习惯离别。

她隔绝了夏薇和韩坡，夏薇的死，也隔绝了她和韩坡。有些东西，再也难以弥合。

6

韩坡把唱片店归还给鲁新雨。

鲁新雨和大耳朵从西班牙回来了。韩坡蓦然醒觉，这一年的时光是他借回来的，这种借回来的时光，注定是短暂的；而他竟荒谬地以为可以永驻。

“你要去哪里？”鲁新雨问。

韩坡不能回答自己。

是否只有不可能的事才令人沉迷？现实熄灭了他的渴望。他为一个女人的死而回来，现在也只能为一个女人的死而离开。

7

李瑶终于离开了录音室。

夜里，她把离别之歌的最后一段改写了，改得面目全非，但是已经没有一双耳朵来聆听这些旋律了。

“去找他吧！”她脑袋里翻腾着一句话。

她离开了那台钢琴，在地上翻了一个又一个筋斗，把脑袋里的那句话抖下去，不再去想它。

8

韩坡在公寓里收拾他的行李。他把泡眼金鱼送了给徐幸玉。摊在床上的行李箱，再一次提醒他，飘摇不定的生活才是他的故乡。我们持续不断地做某事，正是我们命运所依赖的土地。

电视播出那个手表广告，他停了下来，看到李瑶孤伶伶地站在一座寂静无人的音乐厅里，眼里说不清的惆怅。她始终是他依恋的那个人，不因距离而消减。

那首离别之歌的最后一段改写了，丝丝缕缕地飘来。改得太好了。他静静地凝视着不可触摸的她，悲凉地笑了。悲凉是他们重逢的旋律。

他为什么非要得到她的爱不可呢？爱并不存在于此刻，而是在回忆和期待里。单程路通常也是回程路。不能要求什么，但能欲望什么，这是真正的自由。这种爱情不需要回报，它自己回答自己，自己满足自己。

“走吧！”一个强烈的声音在他心里回响。

“留下来吧！她需要你。”另一个声音在他心里萦绕。

离别意味着什么？意味永不相见还是重逢的希望？

他将那枚十个法郎的铜板从书里拿出来，把它高高地丢到头顶去。在它急促下坠的时候，他用一只手接住了它。假使是自由神像那一面，他便留下来；要是另一面，就是要他离开。

他看着自己紧握的拳头，想起李瑶从伦敦寄给他的最后一封信。她在信上说:“为什么你都不回信？我不再写了。”那一刻，他几乎想要马上回信给她。他没有回信，不再是嫉妒，而是因为骄傲。他觉得自己已经不需要了，不回报的人是比较优越的。多少年后，他承受了自己骄傲的代价。

他缓缓地放开手，笑了，笑自己竟然求助于一次偶然。要是老师的眼睛看到这一幕，定会责备他还不了解命运的深沉。

可是，这枚铜板是李瑶送给他的，这是他宿命的尘土。

后 记

《离别曲》这个故事的意念最早浮过我脑海时，我想写的是童年和命运。当时，还没有韩坡、李瑶、夏薇和顾青这些角色，我只是想写一段植根于童年的爱：两个小孩因为一次钢琴比赛的胜负，从此有了不一样的命运。当他们长大之后，命运也造成了两个人之间不可逾越的距离……

有了这个意念之后，人物角色才一个个出现，而且跟我原先的构想不一样。把韩坡和李瑶连在一起的夏绿萍，是我后来才想到的。夏薇所占的比重，原本也没有那么多，徐幸玉和杜青林、胡桑和林孟如，还有顾青，都是自己慢慢在故事中活出来的。

构思一个小说的时候，作者是上帝，他喜欢写什么题材都可以。小说开始以后，作者便成了局外人，他以抽离的身份去看这个故事和里面的人，一切都有了自己的生命，情节会逐渐形成，所有的人物都好像真有其人。

以前我会投入我写的小说里，变成其中一分子，有时甚至会因为某段情节而感到鼻酸。这一次写《离别曲》，我冷静了许多，让自己客观一点去看整个故事。惟其如此，我才能够更了解我笔下的人物。

爱情是人生最荒凉的期待与渴求。明白了这种荒凉，反而帮助我从自己的小说跳开来，去看故事里的悲欢离合，去看韩坡、李瑶、夏薇、顾青、徐幸玉、杜青林这几个当时年少的人，如何在动荡不安的爱情里寻找自己的出路。

在小说里出现的“铜烟囱”餐厅其实早已经不存在了。儿时，我的确去过这家餐厅，而且是我老师带我去的，她就住在餐厅旁边的一幢公寓里。那天，她告诉我，餐厅附近有个龙虎山，龙虎山发生过一宗情杀案，很多年前的事了……

写小说的人，往往可以将时光倒转，重新安排人与地。我的老师并不是钢琴老师。然而，任何我梦想的事情都可以由我的小说去代我完成。现实却又是另一回事。

也许我们都同情韩坡和夏薇，但是我们或许更想成为李瑶、顾青，甚至是杜青林。我们怜悯弱者，却希望成为强者，在一段关系里，成为最幸福的那个人，能要求一切，也能把欲望变成真实。要是能够这样，该有多好。

罗洛·梅的《自由与命运》是我非常心爱的一本书。第一次看的时候，简直是惊心动魄。每一次看看，我都会有一番新的领悟。命运并不等同于宿命，不是塔罗牌，也不是早已注定。我们无法决定自己生于哪里或死在何处，但是还有许多事情是我们可以自己选择的。比如说：爱或不爱一个人。命运限制了我们的渴求，自由就是能够超越这些限制。

这部小说里的几个主角都太年轻了，还没能超越自身种种的限制，也许正因为如此，才会有悲剧，待到一天，当他们成熟了，累积了更多的智慧，回顾以往的岁月时，或许会有觉醒。

去爱，本来就是一件百般艰难的事。爱里有天堂，爱里也有地狱。爱里有荣美，爱里也有痛楚。我是个害怕离别的人，却无可奈何地要面对离别。我不是夏娃，却相信自己被逐出了伊甸园，总是在寻觅我的天堂。

天堂何处？也许正如韩坡所想的，那不过是一种天生的醉梦。

从前，每次写完一部小说，我会问自己："我是哪一个角色？"也许每个都有一点吧。这一次，我不是任何一个角色，我只是个读者，带着同情的目光去看这场青春的祭祀。

小说里那枚十法郎的铜板，到底是揭示命运还是宿命，便要留待韩坡自己去发掘了。

张小娴

二〇〇二年七月十日

于香港家中

图书在版编目（CIP）数据
离别曲／张小娴著．—北京：北京十月文艺出版社，
2015.5
ISBN 978-7-5302-1295-0

Ⅰ．①离… Ⅱ．①张… Ⅲ．①言情小说－中国－当代
Ⅳ．①I247.5

中国版本图书馆CIP数据核字（2013）第053159号

著作权合同登记号　图字：01-2013-1058

责任编辑　王　倩
特邀编辑　林盼攀
装帧设计　朱　琳
内文制作　田晓波
责任印制　李海坡　史广宜　李远林

离别曲
LIBIE QU
张小娴 著

出　　版　北京出版集团公司　　北京十月文艺出版社
　　　　　北京北三环中路6号　邮编 100120
发　　行　新经典发行有限公司
　　　　　电话 (010)68423599　邮箱 editor@readinglife.com
经　　销　新华书店

印　　刷　北京天宇万达印刷有限公司
开　　本　890毫米×1270毫米　1/32
印　　张　7
字　　数　115千
版　　次　2015年5月第1版
印　　次　2015年5月第1次印刷
书　　号　ISBN 978-7-5302-1295-0
定　　价　32.00元
质量监督电话 010-58572393